Emmanuèle Bernheim:
Das Klappmesser
Roman

Deutsch von Eugen Helmlé

W0343623

Klett Cotta
im
Deutschen
Taschenbuch
Verlag

Ungekürzte Ausgabe
März 1993
Deutscher Taschenbuch Verlag GmbH & Co. KG,
München
© 1985 Éditions Denoël
Titel der französischen Originalausgabe:
›Le cran d'arrêt‹
© 1987 der deutschsprachigen Ausgabe:
J. G. Cotta'sche Buchhandlung Nachfolger GmbH,
gegr. 1659, Stuttgart · ISBN 3-608-95430-9
Umschlagtypographie: Celestino Piatti
Umschlagbild: Rotraut Susanne Berner
Gesamtherstellung: C. H. Beck'sche Buchdruckerei,
Nördlingen
Printed in Germany · ISBN 3-423-11645-5

»Ausgang Rue Saint-Florentin Rue de Rivoli Richtung Jardin des Tuileries.« Sie ging als einzige zum Ausgang »Jardin des Tuileries«. Es regnete, alle zogen es vor, auf der anderen Straßenseite zu gehen, im Schutz der Arkaden. Der Regen störte sie nicht, ihr war nicht kalt. Sie ging mit langsamen Schritten dahin, die Handtasche fest an sich gedrückt, den linken Arm angewinkelt, die Faust geschlossen. Sie legte so etwa hundert Meter zurück und blieb dann stehen. Sie hatte Lust auf eine Zigarette. Aber wie sollte es ihr gelingen, mit einer Hand ein Streichholz anzuzünden? Sie setzte ihren Weg fort, überquerte die Seine, nahm den Quai Anatole France und bog dann in die Rue du Bac ein. Sie riß sich zusammen, um nicht schnell zu gehen, doch die wenigen Gestalten, die ihr begegneten und die es eilig hatten im Regen, musterten sie im Vorbeigehen, verwundert über ihre Langsamkeit. Sie begann zu laufen. Sie kam am Quai d'Orsay vorbei, bog in die Rue de Lille, dann in die Rue de Poitiers ein und gelangte vor ihrem Haus an. Sie lief schnell die Treppe hinauf, suchte ihre Schlüssel, schloß die Tür auf.

Sie stürzte ins Bad. Sie stellte ihre Handtasche hin und machte langsam die linke Hand auf. Der Handballen und die Finger waren mit Blut befleckt. Sie stellte sich vor den Spiegel und hob die Hand bis in Höhe des Gesichts. Ihr Lippenrot hatte die Farbe des Bluts. Sie lächelte schwach und drehte sich um. Sie füllte das Waschbecken mit kaltem Wasser und tauchte, fast wider Willen, die Hand hinein. Sie bewegte die Finger im Wasser, das sich rot färbte. Sie blieb so stehen, die Augen halb geschlossen, den Körper völlig reglos. Nur ihre Hand bewegte sich im Wasser. Sie atmete vorsichtig.

Elizabeth machte die Augen auf. Sie wusch sich mit Seife und trocknete sich die Hände ab. Sie ging zu ihrer Handtasche, nahm das Messer heraus. Sie ließ die Klinge herausspringen und säuberte sie sorgfältig mit alkoholgetränktem Toilettenpapier, das sie eins nach dem andern in die Kloschüssel warf. Sie blies mehrmals in die tiefe Kerbe des Griffs, die die Klinge aufnahm, und klappte das Messer zu. Sie spülte das Waschbekken aus, zog an der Kette und verließ das Bad. Ihre Kleider waren naß. Sie zog sich um. Sie kämmte sich, legte wieder etwas Lippenrot auf und ging aus dem Haus. Sie kam zu früh im Restaurant an und stellte fest, daß sie ihr Messer im Bad vergessen hatte. Es war das erste Mal seit zehn Jahren, daß das Messer nicht in ihrer Handtasche war. Sie hob die Handtasche hoch, sie schien ihr leichter. Sie rief den Kellner und bestellte einen Whisky. Sie hatte Lust, etwas zu trinken, um die Gewichtsverminderung ihrer

Handtasche zu feiern. Sie hob diskret ihr Glas auf diesen Tag. Sie hatte kaum zu trinken begonnen, als Marie ihr gegenüber Platz nahm. Sie küßten sich, und Marie vertiefte sich sofort in die Lektüre der Speisekarte, die sie auswendig kannte. Elizabeth wußte schon im voraus, was ihre Freundin bestellen würde: Sie aß immer das gleiche. Marie legte die Speisekarte wieder hin und lächelte. Elizabeth schlug die Augen nieder. Sie würde es nicht ertragen, zu hören, wie ihre Freundin das gleiche Gericht bestellte wie üblich, heute nicht. Ein Speichelstrom füllte plötzlich ihren Mund, sie führte die Hand an die Lippen, stieß den Tisch zurück und stürzte zur Toilette. Sie beugte sich über das Becken und erbrach Ströme von Galle, vermischt mit Whisky. Dann setzte sie sich auf den Sitz und schöpfte wieder Atem. Marie trommelte an die Tür, flehte sie an, aufzumachen oder zu antworten. Elizabeth wusch sich die Hände und ging hinaus. Marie, erschreckt über ihre Blässe, ließ ein Taxi rufen und begleitete sie nach Hause. Sie bestand zwar darauf zu bleiben, doch Elizabeth lehnte kategorisch ab: Sie mußte unbedingt allein sein.

Sobald Marie gegangen war, begab sie sich ins Bad. Das Messer lag immer noch da. Sie klappte es auf. Die Klinge funkelte, tadellos sauber. Elizabeth betrachtete aufmerksam das Waschbekken, schnupperte daran, ihre Nase berührte flüchtig das Steingut. Der Geruch nach Blut war verschwunden. Keine Spur, kein Zeichen, nichts. Sie ließ sich auf einen Stuhl fallen und brach in Schluchzen aus. *Nichts hatte sich geändert.* Dabei hatte es an ihrem Messer und an ihrer Hand Blut gegeben, ein Blut, das nicht das ihre war, das Blut von jemandem, der verletzt worden war, verletzt von ihrem Messer, also von ihr verletzt? Sie war nach Hause gegangen, sie hatte sich die Hände gewaschen, sie hatte das Messer gereinigt und war mit Marie ins Restaurant gegangen, und Marie hatte das gleiche bestellt wie alle andern Male, an denen sie zusammen zu Abend gegessen hatten. Es war unmöglich, es hatte kein Blut gegeben, es hatte nur einen Tag wie jeden anderen gegeben. Nichts war geschehen. Elizabeth weinte lautlos, geschüttelt von kleinen, trockenen, ohnmächtigen Schluchzern, ein Weinen ohne Tränen, das nicht erleichterte.

Sie stand wieder auf, ließ ein wenig Wasser in ihre zusammengefügten Hände laufen und sog es mit allen Kräften ein. Es verschlug ihr den Atem, sie hustete, spuckte, zog die Nase hoch und schneuzte sich. Der Geschmack nach Erbrochenem war verschwunden, sie fühlte sich besser. Sie ging zu Bett und löschte das Licht. Mit steifem Körper auf dem Bett liegend, sah sie ihre blutbefleckte Handfläche wieder vor sich, die befleckte Klinge, Marie, das Restaurant. Sie wurde mit trockenem Mund, schmerzender Haut, schweißüberströmtem Gesicht wach. Es war Tag, doch sie konnte nichts erkennen, ihre Augen weinten. Sie hatte Durst, und sie wußte, daß ein Glas Wasser neben dem Bett stand, in Reichweite ihrer Hand. Sie konnte ihren Arm nicht bewegen. Sie schloß die Augen und wartete mit leerem Kopf. Nur ihre Haut war empfindlich, als ob ihr Fleisch, ihre Knochen und ihre Nerven sich in einem feinen Häutchen auf der ganzen Oberfläche ihres verlassenen Körpers konzentriert hätten.

Als sie die Augen wieder öffnete, war die Nacht hereingefallen. Es gelang ihr, das Glas zu erreichen, und sie trank. Sie bewegte den Kopf, die Beine, und setzte sich auf. Ihr Bett war klatschnaß, und sie glaubte einen Augenblick lang, sie habe ins Bett gemacht. Als sie ihre feuchten Haare berührte, begriff sie, daß sie einfach nur geschwitzt hatte. Das Telefon klingelte. Es war Marie. Sie hatte mehrmals versucht, Elizabeth in ihrem Büro und dann zu Hause zu erreichen. Sie machte sich Sorgen und schickte sich gerade an zu kommen. Elizabeth versuchte, sie zu beruhigen, aber Marie wollte nichts hören. Eine Stunde später stürmte sie in Elizabeths Zimmer.

Sie machte das Bett frisch, half Elizabeth, ein warmes Bad zu nehmen, und gab ihr etwas Fleischbrühe zu trinken. Als Elizabeth wieder im Bett lag, leistete sie ihr Gesellschaft, bis sie eingeschlafen war. Sie verbrachte die Nacht auf der

Matratze im Wohnzimmer. Am nächsten Morgen verschrieb ein von Marie herbeigerufener Arzt Aspirin und Bettruhe. Das Fieber war leicht gefallen. Marie kümmerte sich um alles. Sie rief in Elizabeths Büro an, um Bescheid zu sagen, daß Elizabeth für zehn Tage krankgeschrieben sei, sie machte Einkäufe und kochte das Mittagessen. Sie sagte eine Verabredung ab, um früher zurückzukommen, und kündigte Elizabeth an, daß sie sich bis zu ihrer Genesung häuslich bei ihr niederlasse.

Elizabeth war zu schwach, um dagegen zu protestieren, sie ließ alles mit sich geschehen. Sie döste den ganzen Tag vor sich hin, und die Temperatur sank. Sie plauderte mit Marie, las flüchtig eine Zeitung und verbrachte eine gute Nacht.

Entspannt und ausgeruht wurde sie wach. Das Fieber hatte ihr gutgetan. Sie war sich jetzt sicher: An ihrer Hand und an ihrem Messer war Blut gewesen. Sie mußte herausfinden, wie es dorthin gekommen war.

Am Montag hatte sie wie an allen anderen Tagen der Woche die Metro genommen, um nach Hause zu fahren. Wie immer hatte sie ihr Büro gegen halb sieben verlassen und war zur Metrostation Bastille gegangen. Nach Solférino-Bellechasse mußte sie an der Station Concorde umsteigen. Sie war aber an der Station Concorde ausgestiegen und von dort zu Fuß nach Hause gegangen, in ihrer Handtasche ein blutverschmiertes Messer. Ihr Messer, von dem sie sich bis zu diesem Tag nie getrennt hatte.

Sie konnte das Blut an ihrer Hand erklären. Wenn sie das Messer benutzt hatte, und wenn Blut an der Klinge war, mußte sie sich beim Zuklappen zwangsläufig die Hand schmutzig gemacht haben, denn sie machte immer die gleiche Gebärde, um die Klinge zuzuklappen: Sie drückte sie gegen die linke Handfläche, während sie den Griff in der rechten Hand hielt, bis die Klinge in die Kerbe einrastete. Die Klinge kam also mit ihrer linken Handfläche in Berührung. Aber woher kam das Blut an der Klinge?

Zum ersten Mal war das Messer in Gebrauch gewesen. Sie hatte es nie benutzt, um irgend etwas damit zu schneiden, es blieb immer in ihrer Handtasche, und sie nahm es nur manchmal dort heraus, um die Klinge aufspringen zu lassen, sonst nichts. Es war unwahrscheinlich, daß irgend jemand es aus ihrer Handtasche genommen, sich seiner bedient und es dann wieder zurückgelegt hatte. Niemand wußte von der Existenz dieses Messers. Also hatte sie, Elizabeth, es benutzt. Sie hatte jemandem einen Messerstich versetzt, sie hatte ihn verletzt, getötet vielleicht. Und niemand hatte etwas bemerkt? Sollte das Opfer nicht geschrien, nicht gebrüllt haben? Es sei denn, sie hat es auf der Stelle getötet. Aber dann hätten sie sie gesehen, hätten sie entwaffnet, gelyncht. Sie hätten sie nicht fortgehen lassen. Und wenn es ihr gelungen wäre zu fliehen, hätte es Zeugen gegeben, ihr Phantombild wäre in den Zeitungen erschienen. Sie hatte seit Montag nur eine Zeitung gelesen, die vom Mittwochabend, das Phantombild war mit Sicherheit in der vom Vortag erschienen. Das Phantombild oder aber ein kurzer Bericht von dem Überfall, auf der Seite »Vermischtes«, mit der Bitte an eventuelle Zeugen, sich mit der Polizei in Verbindung zu setzen. Und ihre Personenbeschreibung: junge Frau von 20-30 Jahren, groß (über ein Meter siebzig), mittellanges kastanienbraunes Haar, braune Augen, bekleidet mit einer alten, schwarzen Lederjacke und verwaschenen Bluejeans, die eine dunkle (Farbe unbestimmt) Leinentasche trug... Aber ihre Eltern und ihre Freunde hatten die Zeitungen gelesen, es kam sogar vor, daß sie zwei kauften, eine morgens und eine abends. Sie hätten sie sofort erkannt. Nein, sie hätten sie nicht erkannt. Wie hätten sie auch nur eine Sekunde denken können, es handele sich um sie? Wie sollten sie sich vorstellen, sie, Elizabeth, könne eine Kriminelle sein? Eine Kriminelle... dieses Wort verschaffte ihr ein seltsames Vergnügen. Vielleicht war sie das wahrhaftig geworden, eine Kriminelle? Und sie hatten sie fliehen lassen. Diese Dummköpfe hatten nicht zu erkennen vermocht, daß sie imstande war, Blut zu vergießen. Warum hatten sie nichts gesehen? Warum hatten sie sie gehen lassen? Sie hätten sie zurückhalten müssen, sie hätte sich gewehrt, hätte um sich geschlagen, sie hätte ihnen ins Gesicht gespuckt, hätte Fußtritte ausgeteilt, Faustschläge. Sie hätte das Messer wieder aus der Handtasche hervorgeholt und hätte aufs Geratewohl auf Köpfe, Arme, Rümpfe eingestochen, sie hätte so viele wie möglich verletzt. Die Polizei wäre gekommen. Doch bevor man sie abgeführt hätte, wäre ihr noch soviel Zeit geblieben, ihnen zu sagen, daß sie bedauere, nicht mehr getötet zu haben, daß sie gern ihrer aller Blut aus ein und derselben Wunde hätte fließen sehen. Dann hätte man sie ins Gefängnis gebracht, und sie hätte sie nie wiedergesehen.

Sie war so lange mit sich zu Rate gegangen über die Stelle, wohin sie stechen würde, nicht in den Kopf, nicht in die Glieder, zu hart. Eher in den Rücken oder in den Bauch, am liebsten der Bauch, weicher, zarter. Und wie groß wäre der Widerstand des Fleisches, mit welcher Kraft müßte sie zustoßen, damit das Messer, gut geschärft, in es eindringe? Sie hatte sich die Schreie ihres Opfers vorzustellen versucht. Wäre es ein lautes Gebrüll oder wären es schwache Schreie? Doch nichts war passiert. Es war nichts geschehen. *Nichts.* Sie hatte nichts gehört, sie hatte nicht gesehen, wie die Klinge eindrang, sie erinnerte sich nicht, zugestoßen zu haben.

Sie hatte kein Fieber mehr, sie konnte aus dem Haus gehen. Sie zog sich an, verstaute das Messer wieder in ihrer Handtasche und verließ ihre

Wohnung. Es war nach fünf. Sie stieg in einen Autobus, der sie eine halbe Stunde später an der Bastille absetzte. Sie kaufte die Abendzeitungen, ein Päckchen Zigaretten und ging in eine Kneipe. Nach geraumer Zeit kam man, um ihre Bestellung entgegenzunehmen. Sie trank einen Tee und las dazu. Um halb sieben bezahlte sie und begab sich zur Metro. Sie stürzte sich in einen langen, menschenleeren Gang. Die andern zogen es vor, die Place de la Bastille unter freiem Himmel zu überqueren. An den Schaltern schob sie den Kupon ihrer orangefarbenen Karte in den Spalt und stieß das Drehkreuz auf.

»Richtung Pont de Neuilly«. Sie stieg die wenigen Stufen hinauf, die zum Bahnsteig führten. Wie üblich lief sie bis zu der Stelle, wo der vordere Wagen hielt, damit sie sich, wenn der Zug an der Metrostation Concorde hielt, direkt am Gang zu den Umsteigegleisen befände. Es waren viele, die auf den Zug warteten. Endlich kam der Zug an, überfüllt. Elizabeth stieg ein und bahnte sich einen Weg bis zu ihrem üblichen Platz, an den Türen, die auf die Gleise gingen. Die Türen gingen zischend zu.

Sie schaute um sich. Eng aneinandergedrückt, brauchten sie sich nicht einmal festzuhalten. In Saint-Paul stiegen einige aus, und etwa ebenso viele stiegen ein. Elizabeth musterte sie, wobei sie manchmal gleichgültigen Blicken begegnete. Sie hatten die müden Gesichter von Leuten, die nach

Hause fahren, die frisch geschminkten Augen von Frauen, die sich zu einem Rendezvous begeben, es gab glänzende Haut, lachende Münder, aufgesprungene Lippen, kleine Nasen, abstehende Ohren, Pelzkragen. Es gab Schnurrbärte, Warzen, Schönheitsflecken, Haare. Es gab Leute, die schwitzten, andere die schwatzten oder zu lesen versuchten. Aber sie glichen sich nicht. Sie waren alle verschieden. Elizabeth beobachtete sie überrascht, ohne Haß und ohne Angst. Als sich etwa ein Dutzend Fahrgäste mit den Einkaufstaschen des Bazar de l'Hôtel de Ville in den Wagen drängten, machte sie sich einen Spaß daraus zu erraten, was sie gerade eingekauft hatten. Sie lehnte sich gegen die Türen und schloß die Augen. Etwas war vorgefallen, etwas, das bewirkte, daß sie hier war, in der Metro, frei, ruhig, sicher und fast glücklich. Ihre linke Hand streichelte das Metall der Wagentür, und Elizabeth erinnerte sich plötzlich an eine andere Berührung ihrer Finger. Warm und flaumig, Wildleder... Und sie entsann sich. Eine Wildlederjacke, fahlrot und abgenutzt. Sie sah die verschlissenen, ein wenig glänzenden Stellen wieder vor sich. Sie erinnerte sich an einen breiten, starken Rücken und an das Strickbündchen unten an der Jacke. Sie hatte genau darüber zugestoßen... Sie hatte die Oberfläche des Wildleders berührt, das war sanft, lebendig, und sie hatte die Klinge in diese Sanftheit hineingestoßen. Sie war ganz nahe bei ihm, ihre

Körper berührten sich. Sie hatte nicht genügend Abstand, um fest zuzustoßen. Die Klinge war allein schon zehn Zentimeter lang, mit dem Heft maß das Messer mehr als fünfundzwanzig Zentimeter. Geschlossen verschwand es fast ganz in ihrer Hand. Auf jeden Fall achtete niemand auf sie. Den Arm an den Körper gepreßt, den Vorderarm im rechten Winkel gekrümmt, hatte sie ihren Ellbogen verschoben, um Anlauf zu nehmen. Der Zug kam in der Metrostation Concorde an. Sie hatte plötzlich ihren Arm gelockert. Ihre ganze Energie hatte sich auf den Stoß konzentriert. Einen kurzen Augenblick lang hatte es nichts anderes gegeben als ihren Ellbogen, ihren Vorderarm, ihr Handgelenk, ihre Hand, das Messer und die Hüfte des Mannes. Dann hatte es die Wildlederjacke gegeben und den breiten, starken Rücken. Das Messer war wieder in die Tasche zurückgewandert, und die Türen waren aufgegangen. Sie waren von der Masse der Fahrgäste nach draußen gestoßen worden, und sie hatte mit geschlossener Faust, ihre Handtasche an sich gepreßt, die Metrostation verlassen. Der Mann hatte nicht geschrien, nicht gebrüllt, sich nicht gerührt. Er war nicht einmal zusammengezuckt. Drei Tage waren seitdem vergangen, und sie war frei, in der gleichen Metro, ohne Handschellen. Niemand zeigte mit dem Finger auf sie.

Sie wußte, daß das Messer endgültig aus ihrer Handtasche verschwinden würde. Sie würde sich seiner nicht mehr bedienen.

Sie ging nach Hause, erschöpft. Das Fieber war wieder gestiegen. Zwei Tage lang ging sie nicht aus dem Haus, von Marie halb eingesperrt. Schließlich hatte sie keine erhöhte Temperatur mehr, und Marie ging heim. Elizabeth sah sie ohne Bedauern gehen. Dem Geplauder Maries und ihrer Freundlichkeit war es nicht gelungen, sie aus der merkwürdigen Apathie herauszureißen, die sie seit zwei Tagen lähmte.

Stundenlang saß sie da, kraftlos und erschöpft, mit schlaffen Gliedern und gekrümmtem Rükken. Sie hatte keine Kräfte mehr, keine Muskeln mehr, kein Blut mehr. Sie aß nichts und konnte kaum reden. Sie würde nie wieder auf die Straße, nie wieder zu ihrer Arbeit gehen können. Sie war zu schwach. Sie sah unaufhörlich die Gesichter aus der Metro vor sich, ihr Lächeln und ihre abgespannten Züge. Sie sah sie ohne Mißfallen wieder. Sie war entwaffnet. Sie empfand nicht mehr den geringsten Haß. Was würde aus ihr werden? Der Haß war ihr einziger Besitz gewesen, sie war enteignet worden. Das Schweigen des Mannes hatte sie vernichtet. Warum hatte er nicht geschrien, warum hatte er nichts gesagt? Sie mußte ihn unbedingt aufspüren und herausfinden, warum nichts passiert war. Sie hatte keine andere Wahl, sie mußte ihn aufspüren. Er war wie sie an der Metrostation Concorde ausgestiegen, sie hatte undeutlich den fahlroten Fleck auf dem Bahnsteig gesehen. Aber danach? Er hatte Schmerzen, er mußte ganz einfach Schmerzen haben. Er verlor viel Blut. Er war gewiß nicht sehr weit gekommen, bestimmt nicht bis zum Ausgang. Er taumelte, hielt die Hände an seinen Rücken. Er fällt. Es gelingt ihm, wieder aufzustehen, doch er fällt von neuem in dem langen Gang, und diesmal kann er sich nicht mehr bewegen. Die Leute gehen vorbei, eilig, gleichgültig. Schließlich bleibt einer stehen, geht weg, um Hilfe zu holen, kommt mit einem Arzt zurück. Der Stationsvorsteher läuft herbei und entdeckt eine lange Blutspur, die vom Bahnsteig bis zum Gang führt. Der Arzt kniet neben dem Mann nieder und untersucht die sehr tiefe Wunde. Man muß ihn ins Krankenhaus bringen. Der Mann kann kaum sprechen. Der Stationsvorsteher durchsucht ihn und findet seine Papiere. Er schreibt den Namen des Mannes und seine Adresse in ein Notizbuch. Er wird einen Bericht machen müssen. Dann schiebt er selber die Papiere wieder in die Tasche des Verletzten. Endlich kommt das Überfallkommando. Man legt den Mann auf eine weiße Tragbahre und bringt ihn weg. Er schwitzt und klappert mit den Zähnen. Die rostfreie Stahlklinge war sauber, er wird keinen Wundstarrkrampf bekommen. Man bringt ihn direkt auf die Intensivstation. Man zieht ihn aus. Seine Kleider sind blutgetränkt. Man zieht ihm sogar die Socken aus, er ist völlig nackt. Seine Verletzung ist nicht allzu schlimm, aber er hat viel Blut verloren. Man näht die Wunde. Mehrere Nahtstiche sind notwendig. Nach der Spritze gegen Wundstarrkrampf wird er an den Tropf gehängt. Die Krankenschwester findet ohne Schwierigkeit die Verdickung der Ader. Der Unterarm ist kräftig und stark. Sie fährt mit einem alkoholgetränkten Wattebausch über die Haut... Die Familie muß benachrichtigt werden. Die Familie? Und wenn er nicht allein in der Metro gewesen wäre? Wenn er in Begleitung seiner Frau gewesen wäre? Vielleicht kamen beide aus dem Kaufhaus Bazar de l'Hôtel de Ville, wo sie Einkäufe gemacht hatten für den Haushalt? Und er hatte nicht geschrien, um seine Frau nicht zu beunruhigen. Doch auf dem Bahnsteig hat sie alles mitbekommen. Sie hat gesehen, wie er plötzlich blaß wurde, und sie hat das Blut gesehen, und darauf hat sie geschrien. Elizabeth muß schon weit weg gewesen sein, da sie die Schreie nicht gehört hat. Sie hat ihren Mann gestützt, sie hat ihm beim Gehen geholfen. Sie saß im Krankenwagen neben ihm. Sie legte ihre Hand auf seine feuchte Stirn, sie beruhigte ihn, sie sprach ihm gut zu. Im Krankenhaus war sie bei ihm geblieben. Sie hat statt seiner die Fragen der Bullen beantwortet. Sie war bei ihm, wenn er etwas gesehen hätte, hätte sie es auch gesehen. Sie versteht das nicht, es ist furchtbar sich vorzustellen, daß das einfach so geschehen kann, ohne daß man etwas davon merkt... Und wegen nichts. Sie hatte alles nachgeprüft, nichts fehlt. Man hat ihm nicht die Brieftasche entwendet. Alles ist da: Scheckheft, Kreditkarte, orangefarbene Metrokarte, Schlüssel und sogar der schöne Füllhalter, den sie ihm zum Geburtstag geschenkt hatte.

Sie kehrt ans Krankenbett ihres Mannes zurück. Er öffnet ein wenig die Augen und lächelt ihr zu, schwach. Er will sprechen. Mit einer Handbewegung hindert sie ihn daran: Er darf sich nicht anstrengen. Und die Kinder? Mein Gott, die Kinder, sie hatte sie in der Aufregung ganz vergessen. Im Flur ist ein Münzapparat. Sie sucht fieberhaft in ihrer Handtasche und findet einen Franc. Sie wählt die Nummer, der Älteste hebt ab. Sie sagt ihm, daß sie spät nach Hause kommen wird, daß Papa krank ist, daß sie sich aber keine Gedanken zu machen brauchen. Sie können das Hähnchen essen, das im Kühlschrank ist, und vor allem sollen sie im Wohnzimmer keine Unordnung machen. Unterdessen ist ihr Mann eingeschlafen.

Er konnte gar nicht mit seiner Frau in der Metro sein. Er war allein. Elizabeth hätte nicht auf ihn eingestochen, wenn sie geahnt hätte, daß jemand bei ihm war. Er war ganz bestimmt allein. Sie würde den Stationsvorsteher befragen, er würde ihr Auskunft geben, er würde ihr sagen, was sie zu wissen wünschte. Sie würde sich notfalls für eine Angestellte des Innenministeriums oder des Verkehrsministeriums ausgeben, die mit einer Untersuchung über die Kriminalität in der Metro beauftragt sei. Sie würde erklären, daß sie persönlich für die Linie Pont de Neuilly-Château de Vincennes zuständig sei, und so könnte man ihr nichts abschlagen. Und wenn jemand sie erkennen würde? Sie würde hinterher verhaftet werden, das wäre furchtbar, noch furchtbarer als die Straflosigkeit. Vielleicht gab es eine Videoschaltung, Kameras, Kontrollbildschirme. Aber sie war ganz ruhig hinausgegangen, sie hatte an sich gehalten, um nicht zu laufen, die Tasche an sich gepreßt wie alle Frauen, die fürchten, daß man sie ihnen entreißt. Sie hatte gar nicht auffallen können. Sie lief keine Gefahr.

Sie mußte sich korrekt anziehen, es kam nicht in Frage, sich in ihren gewöhnlichen Kleidern vorzustellen, sie mußte elegant sein. Sie würde sich für ihre Untersuchung entsprechende Kleidung kaufen. Einen Rock, eine Hemdbluse oder einen schönen Pullover und einen Mantel. Und auch Schuhe, mit hohen Absätzen. Sie würde sie nur tragen, um den Mann zu suchen, und niemand, weder ihre Eltern noch ihre Freunde, noch die Leute, mit denen sie zusammenarbeitete, würde sie so gekleidet sehen. Die Leute, denen sie begegnete, würden nie vermuten, daß sie auf der Suche nach einem Unbekannten war, den sie mit einem Messerstich verletzt hatte.

Am nächsten Tag betrachtete sie die Schaufenster. Sie las keine Frauenzeitschriften und hatte von Modedingen nicht die geringste Ahnung. Sie hatte nie auf die Kleidung der Unbekannten geachtet, denen sie begegnete, so wenig wie auf die ihrer Freundinnen. Sie besaß zwei Paar Jeans, die sie alle zwei bis drei Jahre erneuerte und die sie sommers wie winters trug. Sie kannte ihre Größe, die sich nicht änderte, und bezahlte ihre Jeans, ohne sie anzuprobieren. Sie kaufte sich auch, immer im selben Geschäft, farblose Pullover mit kurzen Ärmeln, weiße T-Shirts und dunkle Rollkragenpullover. Sie nahm die größte Größe, wobei sie sich damit begnügte nachzuprüfen, ob die Ärmellöcher mit ihrer Schulterbreite übereinstimmten. Sie war also überrascht, als sie feststellte, daß es unendlich viele Pullis, Röcke und sogar Hosen in zahllosen Geschäften gab, die ganz in ihrer Nähe gelegen waren, und daß es Tausende von Frauen gab, die so was trugen. Sie musterte diese Frauen, drehte sich nach ihnen um, wenn sie an ihnen vorbeiging. Sie bewunderte ihren Gang, ihre Fesseln, die auf den hohen Absätzen nicht umknickten, ihre glatten Beine, ihr glänzendes Haar. Sie trugen weite Mäntel, Pelzjacken und manchmal Lederjacken wie die ihre, die ihr an ihnen jedoch sauber und neu vorkamen, selbst wenn sie abgetragen waren. Alle diese Frauen betrachteten sich vor Spiegeln, musterten sich eingehend im Profil, befühlten Stoffe, hielten sie sich ans Gesicht, um ihre Wirkung zu beurteilen. Sie wichsten ihre Schuhe, bügelten ihre Kleider und räumten sie weg, nachdem sie sie sorgfältig zusammengelegt hatten. Elizabeth betrachtete nicht mehr die Schaufenster. Mutlos ging sie aufs Geratewohl dahin. Sie würde ihnen nie gleichen können, sie war nicht wie sie. Sie blieb unvermittelt stehen. Gab es unter allen diesen schönen, sauberen Frauen eine, die imstande gewesen wäre, einem Menschen einen Messerstich zu versetzen? Nein, keine, mit Sicherheit keine. Sie ging in mehrere Läden und verlangte die Pullis zu sehen. Sie mußte sich bald mit der Tatsache abfinden: Alle Pullover in allen Geschäften waren ausgeschnitten, die Frühjahrsmode kannte nur das Dekolleté. Es würde ihr nichts anderes übrigbleiben als anzuprobieren. Sie streifte heftig einen schwarzen Sweater über und stellte sich vor den Spiegel der engen Ankleidekabine. Ihr war warm, doch sie wagte nicht hinauszugehen. Der Sweater, vorn und hinten in V-Form ausgeschnitten, ließ ihren Nacken, ihren Hals und ihr Schlüsselbein frei. Sie legte die Hand an die Brust und fröstelte. Sie hatte sich noch nie so gesehen. Ihre Haut war viel zu weiß. War sie sanft? Sie berührte sie. Sie war ziemlich sanft, zu weiß, aber sanft. Draußen wurde die Verkäuferin ungeduldig. Elizabeth zog den Pullover aus und zog sich wieder an. Sie hielt ihn der Verkäuferin hin und sagte, daß sie ihn nehmen wolle. Sie bezahlte und ging hinaus, ganz aufgeregt. Endlich passierte etwas.

Sie kaufte einen engen Rock aus grauem Flanell und einen Mantel von der gleichen Farbe. Es blieben noch die Schuhe. Sie probierte mehrere Paar an. Es gab jedes Mal ein Problem. Es gelang ihr nicht, das Gleichgewicht zu halten, entweder waren ihre Füße zu eingeengt oder aber das Leder war zu spröde, die Sohle zu dünn oder die Farbe zu schmutzempfindlich. Sie zögerte lange und entschied sich schließlich für ein Paar graue Pumps, die ziemlich hoch, aber nicht zu hoch waren.

Sie ging nach Hause. Sie machte ihre Pakete auf und probierte ihre neuen Kleider an. Sie war unkenntlich. Sie war zu groß und zu blaß. Sie war nicht geschminkt, und ihre Beine – sie hatte vergessen, sich Strümpfe zu kaufen – waren bleich. Sie schminkte sich die Lippen und färbte sich mit Hilfe ihres Lippenstifts leicht die Backenknochen. Sie ergriff eine Haarsträhne, die über ihre nackten Schultern fiel. Ihre Frisur war formlos, glanzlos, flach auf dem Scheitel und unordentlich am Hals. Sie müßte die Haare schneiden lassen. Sie hob sie mit einer Hand hoch, bemächtigte sich des Messers und stellte sich wieder vor den Spiegel. Ohne sich aus den Augen zu lassen, schob sie den Sicherheitsriegel zurück und drückte auf den Arretierungsknopf. Die Klinge knallte. Sie wiederholte ihre Bewegung mehrere Male und runzelte dabei die Stirn. Es gefiel ihr nicht. Sie entfernte sich vom Spiegel und ging wieder nahe heran, irgend etwas stimmte nicht. Plötzlich zog sie sich aus und streifte wieder ihre alten Kleider über, während sie weiterhin mit dem Messer spielte. Das war viel besser. Sie lächelte zufrieden.

Sie rief im Büro an und bestätigte ihre Rückkehr für den übernächsten Tag. Sie ging früh zu Bett. Bis Ende der Woche würde sie den Namen des Mannes und seine Adresse kennen, vielleicht würde sie ihn sogar treffen. Sie würde seine Stimme hören, und sie würde sein Gesicht sehen. Sie richtete sich in ihrem Bett auf. Und wenn sie ihn getötet hätte? Sie machte Licht an und stürzte zum Bücherschrank, um ihr Lexikon zu holen. Sie schlug fieberhaft die Seiten um und fand die Anatomietafeln. Die Nieren, es war durchaus möglich, daß sie die Nieren oder eine Hauptschlagader getroffen und damit eine tödliche Verletzung verursacht hatte. Und sie würde nie etwas über ihn in Erfahrung bringen. Sie könnte ihn sich nicht einmal im Leichenschauhaus ansehen: Er war sicherlich schon beerdigt worden. Wie hatte sie sich nur von seinem Blut reinwaschen können? Warum hatte sie nicht ein wenig davon zurückbehalten, zwischen zwei Glasplättchen oder auch getrocknet, in Seidenpapier?

Dieses Blut war alles, was sie von ihm gekannt hatte.

Aber er hatte vielleicht Verwandte, eine Frau, eine Freundin. Elizabeth könnte ein Foto sehen, eine Aufnahme seiner Stimme hören, viele Leute haben jetzt Tonbandgeräte. Und wenn sie sich seine Telefonnummer besorgen und bei ihm anrufen würde, geriete sie vielleicht an einen Anrufbeantworter, und sie würde ihn hören. Es sei denn, sie hätten ihn abgeschaltet.

Seine Wohnung würde sicherlich zu vermieten oder zu verkaufen sein: Wenn er verheiratet gewesen wäre, würde seine Frau gewiß nicht mehr dort wohnen wollen, wo sie miteinander glücklich waren. Elizabeth würde die Wohnung besichtigen. Sie würde seine Bücher und seine Schallplatten sehen, seine Gegenstände, sie würde seinen Geschmack kennenlernen. Sie würde Konservendosen finden und wüßte, was er gern gegessen hatte. Im Badezimmer wären seine Toilettenartikel, sein After-shave, seine Seife, sein Toilettenwasser, sie würde seinen Geruch riechen. Zigarettenpäckchen würden hier und da herumliegen, schwarze Zigaretten. Sie würde seinen Kleiderschrank aufmachen und sich seine Kleider genau ansehen, sie könnte seine Körpergröße und seine Statur abschatzen. Auf dem Kragen einer Jacke Haare, vielleicht Schuppen. Sie würde die Lederjacke finden und sie mitnehmen.

Sie hatte das Recht dazu. Sie würde heimlich ein Foto verschwinden lassen, das sie immer bei sich tragen würde, und niemand würde je in Erfahrung bringen, um wen es sich handelte.

Sicherlich wäre jemand in der Wohnung. Die Mutter oder die Frau. Die Frau haßt Elizabeth schon im voraus. Sie macht ihr die Tür auf, ihre Augen sind trocken, sie bittet Elizabeth, die Unordnung zu entschuldigen: Sie war gerade dabei, die Sachen ihres Mannes zu sichten. Sie lebten seit annähernd drei Jahren getrennt. Eigentlich sind sie nicht sehr lange verheiratet gewesen, kaum zwei Jahre. Sie haben keine Kinder gehabt und haben sich im Verlaufe der letzten Jahre aus den Augen verloren. Sie, die Frau, hat sich im Ausland niedergelassen. Sie ist zurückgekommen, um Ordnung in die Angelegenheiten ihres Mannes zu bringen. Sie hat es eilig, wieder zurückzufahren. Elizabeth schaut sich um, die Bücher sind lieblos aufeinandergestapelt, die Kleider in einer Ecke aufgeschichtet, das After-shave und das Toilettenwasser in einen Müllsack geworfen. Keine Zärtlichkeit, nichts. Die Frau macht sich mit mechanischen, sehr sicheren Gebärden in der Wohnung zu schaffen. Sie ist nicht unangenehm, nicht feindselig, sie ist gleichgültig. Sie war gezwungen, deshalb aus dem Ausland zurückzukommen, und sie hat den Wunsch, schnellstens wieder abzureisen, das ist alles. Sie hat keine Lust zu reden, sie hat nichts zu sagen. Als Elizabeth geht, ist die Frau erleichtert.

Elizabeth hat schließlich nichts erfahren. In ihrer Handfläche, an ihren Fingerspitzen und auf der Klinge ihres Messers war er am lebendigsten gewesen.

Am anderen Morgen erwachte sie voller Energie. Der Mann war wahrscheinlich nicht tot, und wenn sie ihn zufällig getötet hätte ... Sie würde ja sehen. Sie rief Marie an und bat sie um die Adresse ihres Friseurs. Sie ging hin und kam zwei Stunden später mit freien Schultern und freiem Hals wieder heraus. Sie ging nach Hause und machte sich den Kopf naß, um den Lack und die Wirkung der Fönwelle zum Verschwinden zu bringen, die sie lächerlich fand. Beim Friseur hatte sie, während sie darauf wartete, an die Reihe zu kommen, in einigen Zeitschriften geblättert, und das Verlangen hatte sie überkommen, sich Schminkprodukte zu kaufen. Sie hatte sich nie die Augen bemalt. Sie benutzte nur Lippenstift, denn sie mochte den Geschmack, und sie benutzte ihn manchmal dazu, sich die Wangen zu schminken. Sie kaufte einen Augenbrauenstift, Wimperntusche, Rouge, Puder und zwei Paar Strumpfhosen.

Sie war bei einem befreundeten Ehepaar, das in der Nähe von Pigalle wohnte, zum Essen eingeladen. Sie schminkte sich. Sie fand sofort heraus, wo sie Farbe auftragen mußte, wo ein Strich hinkam, und war mit dem Ergebnis zufrieden. Ihr Gesicht kontrastierte ungemein mit ihren formlosen Kleidern. Endlich ging sie aus dem Haus. Sie begab sich zur Metro. Es herrschte Hochbetrieb. Der Zug kam, es gab keine Sitzplätze mehr. Sie schaute um sich und begegnete einigen Blicken. Sie schlug die Augen nieder, sie fühlte sich nicht wohl in ihrer Haut. Sie hatte den Eindruck, daß man sie musterte. Ja, das war es, die Männer musterten sie. Sie führte die Hand an ihre Handtasche und erinnerte sich, daß das Messer nicht mehr drin war. Die Männer hatten sicherlich gesehen, wie sie ihre Handtasche anfaßte, da sie sie nicht mehr aus den Augen ließen. Sie glaubten vielleicht, sie sei bewaffnet. Sie erkannten sie wieder. Sie waren in der Metro auf der Strecke Point de Neuilly-Château de Vincennes… Sie hatten gesehen, wie sie auf den Mann einstach, sie waren neben ihr, neben ihnen, und heute erkannten sie sie wieder, trotz ihrer Schminke. Vielleicht tuschelten sie untereinander, fragten sich, ob es besser sei, den Vorsteher der nächsten Station zu informieren, die Notbremse zu ziehen oder sie selbst zur Polizei zu bringen. Sie war sicher, ihr Gemurmel zu hören. Sie hatte nicht mehr ihr Messer, sie hatte Angst. Der Zug fuhr langsamer, blieb stehen. Sie drängte sich zu den Türen vor, wobei sie alle Welt unterwegs anstieß, ohne sich zu entschuldigen. Jemand richtete das Wort an sie. Sie mußte hinaus, man mußte sie hinauslassen, man konnte sie jetzt nicht aufhalten. Andere Fahrgäste stiegen aus, sie würden ihr folgen. Sie suchte den Ausgang, lief Treppen hinauf, stolperte in ihrer Eile. Als sie draußen war, sah sie hinter sich. Einige Personen tauchten auf der Rolltreppe auf. Sie begann geradewegs vor sich hinzulaufen, der Bürgersteig war menschenleer. Sie sah, wo sie war. Sie unterdrückte einen Schrei und lief weiter an den Gittern des Jardin des Tuileries entlang.

Sie kam zu Hause an und schloß zweimal die Tür hinter sich ab. Sie würde ihnen nicht aufmachen. Sie ließ sich auf den Boden fallen, versuchte wieder Atem zu schöpfen. Sie blieb keuchend sitzen. Sie kam langsam wieder zu sich. Sie erinnerte sich plötzlich an das Abendessen, an ihre Freunde, die auf sie warteten. Sie mußte ihnen Bescheid sagen und ihnen erklären, daß sie nicht aus dem Haus könne. Sie wählte ihre Nummer und legte beim ersten Läuten wieder auf. Sie würde hingehen. Die Metro zu nehmen kam nun nicht mehr in Frage. Sie bestellte ein Taxi und ging hinunter, um darauf zu warten. Leute gingen vorbei, ohne ihr einen Blick zuzuwerfen.

Man achtete nicht mehr auf sie, niemand schien sie wiederzuerkennen.

Eine Viertelstunde später klingelte sie bei ihren Freunden. Sie nahm die Glückwünsche für ihre neue Frisur, die Vorhaltungen für ihre Verspätung entgegen und verbrachte einen netten Abend.

Sie nahm ihre Arbeit wieder auf. Alle empfingen sie freundlich. Sie fanden, daß sie gut aussah, und folgerten daraus, daß ihr der Krankenurlaub gutgetan hatte. Sie schwatzte mit ihnen und ließ sich erklären, was sich während ihrer Abwesenheit ereignet hatte. Dann setzte sie sich in ihr Büro. Es war ein kleines, mit Aktenordnern vollgestelltes Zimmer, das ständig unaufgeräumt war. Elizabeth fühlte sich wohl darin. Sie schloß sich oft darin ein, die Gerüche nach Staub und kaltem Tabak störten sie keineswegs, und sie verließ es nur widerwillig. Sie war schnell und tüchtig und arbeitete viel. Ihre Bewegungen waren auf Grund der Gewohnheit mechanisch geworden. Nichts geschah, was sie nicht vorausgesehen hatte. Sie sah die andern selten und sprach kaum mit ihnen. Sie tat, was sie zu tun hatte, ohne sich dafür zu interessieren, ohne Begeisterung, und abends, immer um halb sieben, ging sie nach Hause. Ihre Gleichgültigkeit ärgerte die andern bisweilen. Sie hatten es seit langem aufgegeben, sich um sie zu bemühen, und schlugen ihr nicht einmal vor, mittags mit ihnen essen zu gehen. Daher arbeitete sie entweder zwischen zwölf und zwei oder setzte sich in einer der Kneipen in der Umgebung allein an einen Tisch, um ein belegtes Brot zu essen. An diesem Tag kam sie ihnen völlig verändert vor.

Ihre kurzen Haare, ihr Lächeln brachten sie auf den Gedanken, daß ihr etwas Angenehmes zugestoßen sei. Sie nahmen sie mit ins Restaurant. Sie zeigte sich liebenswürdig. Sie stellte ihnen Fragen über ihre Kinder oder über ihre Männer und scherzte mit denen, die keine hatten. Sie hatten sie noch nie so gesehen. Gewöhnlich zurückhaltend und reserviert, lachte sie diesmal und aß mit gutem Appetit. Am Nachmittag schloß sie nicht die Tür zu ihrem Büro ab und verließ es erst nach sieben. Sie fuhr sofort nach Hause, viel zu erschöpft, um schon an der Station Concorde auszusteigen. Da sie durch ihre Abwesenheit mit ihrer Arbeit sehr in Rückstand gekommen war, hielt sie es an den beiden folgenden Tagen genauso.

Am Samstagmorgen zog sie ihre neuen Kleider an, schminkte sich sorgfältig und ging zu Fuß zur Metrostation Concorde. Sie nahm den Eingang in der Rue Saint-Florentin, ging langsam die Treppe hinunter und näherte sich dem Schalter. Sie fragte, ob es möglich sei, den Stationsvorsteher zu sprechen. Man antwortete ihr etwas, das sie wegen des Hygiaphons nicht verstand. Man sagte es noch einmal, und diesmal begriff Elizabeth. Der Stationsvorsteher war am Wochenende nie da, und man bat sie, am Montag wiederzukommen.

Sie fuhr im Taxi nach Hause. Sie zog ihre neuen Kleider aus und zog die alten wieder an. Sie war den Tränen nahe. Sie ergriff das Messer. Sie würde sich seiner wieder bedienen. Sie würde noch einmal zustoßen, und diesmal würde sie Geschrei und Gebrüll hören, und sie würde Blut sehen, und alles würde sich so abspielen, wie sie es immer gewünscht hatte. Sie ließ das Messer fallen und führte ihre rechte Hand an den Mund. Sie biß sich mit aller Macht in den Zeigefinger und ließ dann los. Sie beruhigte sich plötzlich. Sie legte einen Verband an, der schnell mit Blut durchtränkt war. Dann stopfte sie einige Sachen in eine große Tasche, ihr Entschluß war gefaßt: Sie würde das Wochenende in Lyon verbringen, bei ihren Eltern. Sie würden sich um sie kümmern, sie würde mit dem Hund spielen, und sie würde spazierengehen. Sie sagte ihnen nicht Bescheid. Sie hatte gerade noch soviel Zeit, den Zug um zwölf Uhr dreißig zu nehmen, sie wäre gegen vier Uhr bei ihnen.

Sie kam mit zugeschnürter Kehle vor dem kleinen Haus an. Der Hund lief ihr entgegen, und ihr Vater erschien auf der Schwelle. Er schien nicht überrascht zu sein, sie zu sehen. Er kam ihr entgegen, küßte sie nicht – er küßte sie nie – und nahm ihr die Tasche ab. Er führte sie in ein Zimmer. Seine Haare waren weiß. Elizabeth erinnerte sich nicht, ihn anders gekannt zu haben, aber sie fand ihn gealtert. Wie lange hatte sie sie nicht mehr besucht?

Das Zimmer war hell. Es war nicht wirklich ihr Zimmer. Sie hatte nie in diesem Haus gewohnt. Ihre Eltern waren nach der Pensionierung hierher gezogen. Elizabeth machte die Läden auf. Der kleine Raum war kahl und sauber. Sie räumte ihre Tasche aus und legte ihre Sachen auf das Bett und auf einen Stuhl. Sie hätte am liebsten geweint. Aber sie hörte im Treppenhaus den schweren Schritt ihrer Mutter. Sie war so glücklich, daß Elizabeth da war. Sie drückte sie an sich, überhäufte sie mit Fragen, auf die sie keine Antworten erwartete. Sie trat einige Schritte zurück und betrachtete ihre Tochter. Sie fand, daß sie gut aussah, aber sie war beunruhigt über den Verband an ihrem Finger. Elizabeth fand gar nicht die Zeit zu einer Erklärung, ihre Mutter schnitt bereits das Kapitel ihrer eigenen Schmerzen an. Elizabeth unterbrach sie freundlich, sie wollte vor Einbruch der Nacht einen Spaziergang machen. Der Hund folgte ihr. Sie kam eine Stunde später zurück, mit rosigen Wangen und einigen Blumen in der Hand. Sie aßen früh zu Abend, und sie ging hinauf, um sich hinzulegen.

Nach dem Frühstück ging sie mit ihrem Vater aus dem Haus. Er sprach wenig, doch sie liebte seine Zuverlässigkeit. Er hatte sich kaum um sie gekümmert. Er hatte ihr nie bei den Schularbeiten geholfen. Er hatte ihr nie etwas verboten, weder die häßlichen Wörter noch das Ausgehen, aber er war dagewesen, und sie hatte nichts getan, was ihm hätte mißfallen können. Es hatte weder Szenen noch Schreie gegeben. Eine Kindheit ohne Geschichten.

Sie sprach mit ihm über ihre Arbeit, über ihr Leben in Paris. Er stellte keine Frage. Er nickte schweigend mit dem Kopf, ohne sie anzusehen. Elizabeth beschleunigte gereizt den Schritt. Wie konnte er nur dermaßen blind sein? Der Hund sprang um sie herum. Sie hörte, wie ihr Vater außer Atem kam, doch sie machte nicht langsamer. Mit schwacher Stimme schlug er vor, nach Hause zu gehen. Sie machten kehrt.

Sie verbrachte einen friedlichen Nachmittag, den sie mit ihrer Mutter verplauderte, und nahm wieder den Zug.

Am nächsten Tag verließ sie ihr Büro vor halb sieben. Sie fuhr nach Hause, zog sich um und nahm die Metro bis zur Station Concorde. Der Stationsvorsteher war da. Er bat sie in seinen Glaskasten. Er war ein kleiner, beleibter, fast kahlköpfiger Mann. Sie stellte fest, daß ihm lange Haare aus der Nase sahen. Er zeigte auf einen Stuhl. Sie setzte sich, sehr gerade, erging sich in unklaren Erklärungen, in denen die Rede war von Ministerium, Untersuchung und Überfällen und bat, das Stationsregister einsehen zu dürfen. Der kleine Mann zuckte die Achseln, stand auf und ging mit aufreizender Langsamkeit zu einem Wandschrank aus Resopal. Er versuchte vergeblich, am Türgriff zu drehen, fluchte, wühlte in seiner Tasche, fand einen Schlüssel. Endlich legte er vorsichtig ein schweres Register vor Elizabeth, in dem er herumblätterte, nachdem er seinen Zeigefinger gut abgeleckt hatte. Ohne ein Wort schob er es ihr zu und ließ sie allein.

Jedem Tag entsprach ein Feld. In jedem Feld standen Namen, Adressen und einige Abkürzungen. Manche Felder waren leer, es waren die Tage ohne Diebstähle, ohne Überfälle. Sie drehte die Seiten um und fand ihre Woche. Sie ließ den Finger über das Papier gleiten, bis zu ihrem Tag, und schloß die Augen. Endlich würde sie Bescheid wissen. Sie sah sich die Stelle auf dem Blatt an, auf die ihr Zeigefinger zeigte. Nichts, da stand nichts. Das Feld ihres Tages war leer. Sie vergewisserte sich. Es war wirklich das Jahr, der Monat, der Tag. Und das Feld war leer. Es war sogar das einzige leergebliebene Feld auf der ganzen Seite. Sie suchte mit den Augen den Stationsvorsteher. Er war verschwunden. Sie stand auf und fragte die Angestellten, wo er sei. Eine von ihnen begann zu rufen: »Monsieur Maurice, Monsieur Maurice!«, und der kleine Mann tauchte wieder auf. Er fragte sie, ob sie fertig sei. Nein, sie war noch nicht fertig. Sie verstand die leeren Felder nicht. Das war nicht sehr kompliziert – der Stationsvorsteher wurde ungeduldig -, die leergebliebenen Felder stellten die Tage dar, an denen nichts passiert war, und das kam Gott sei Dank vor. Er entfernte sich unter dem Vorwand, daß er Arbeit habe. Elizabeth beugte sich ein letztes Mal über das Register. Sie hob leicht die Seite, hielt sie gegen das Licht und berührte sie mit dem Finger. Es stand nichts drauf, wirklich nicht.

Sie war fast sicher, daß der Mann zur gleichen Zeit aus der U-Bahn geschleudert worden war wie sie. Aber sie hatte sich auch irren können. Er war vielleicht im Wageninnern geblieben, oder er hatte auf dem Bahnsteig auf den nächsten Zug gewartet. In diesem Fall wäre ihr Überfall auf einer anderen Station der Strecke gemeldet worden. Es war wenig wahrscheinlich, daß er noch die Kraft gehabt hatte, durch einen der langen Gänge zu den Umsteigebahnsteigen zu gehen. Am Sitz der R.A.T.P. gab es sicherlich ein Hauptregister der Pariser Metro. Es war bereits nach neunzehn Uhr, zu spät um anzurufen. Sie würde am nächsten Tag telefonieren.

Sie verbrachte einen angenehmen Abend mit Marie. Sie beobachtete ihre großen blauen Augen und ihr glattes Gesicht, Marie hatte kein Geheimnis, sie hatte nichts zu verbergen, und sie war sicherlich glücklich so. Sie lachten viel während des Abendessens, und Marie war beruhigt, als sie sah, daß es ihrer Freundin wieder so gut ging.

Sobald Elizabeth im Büro ankam, schloß sie sich ein und wählte die Nummer der R.A.T.P., der Pariser Verkehrsbetriebe, die sie in einem Telefonbuch gefunden hatte. Sie legte den Grund ihres Anrufs einer Telefonistin dar, die sie bat, am Apparat zu bleiben. Eine mürrische Stimme sagte ihr eine Adresse, Zeiten und einen Namen, den sie sich zweimal wiederholen ließ. Sie arbeitete den ganzen Tag über und verbrachte den Abend vor dem Fernsehgerät.

Um Punkt acht Uhr erschien sie im Empfangsbüro der Generaldirektion der R.A.T.P. Die Person, die man ihr angegeben hatte, befand sich im vierten Stock. Sie nahm den Aufzug, der sie in einem breiten Korridor absetzte. Vom Aufzug kommend die dritte Tür links... Elizabeth klopfte zweimal. Man rief sie herein. Der Raum war groß und düster. Hinter einem riesigen Schreibtisch sitzend, überwachte eine junge Frau einen Fernschreiber. Sie sprang auf, um Elizabeth zu empfangen. Sie trug ein Paar Jeans und einen kanariengelben Pullover, ihr Lächeln war angenehm. Ihre ganze kleine Person kontrastierte auf fast komische Weise mit den grauen Wänden und den hohen Reihen der Aktenordner.

Elizabeth erklärte, daß sie für das Innenministerium eine Untersuchung über die Kriminalität in der Metro durchführe.

»Haben Sie einen Dienstauftrag?«

Elizabeth bewahrte ihre Ruhe.

»Ich hatte Schwierigkeiten, alle Stationsvorsteher zu erreichen. Ich dachte, ich könnte Zeit sparen, wenn ich direkt hierher käme. Aber das macht nichts, ich kann mir einen Dienstauftrag geben lassen und wiederkommen.«

»Verlieren Sie keine Zeit, ich kenne das Problem. Was interessiert Sie?«

»Die Strecke Pont de Neuilly-Château de Vincennes. Die beiden letzten Wochen genügen schon.«

Die junge Frau bemächtigte sich eines mächtigen Aktenordners.

»Es wäre langsam an der Zeit, auf Mikrofiches umzustellen, aber man darf nicht zuviel verlangen! Hier... Wir haben zwei Einteilungen für jede Woche. Die erste nach Stationen, die andere nach Tagen, wobei alle Stationen durcheinandergewürfelt sind. Setzen Sie sich an diesen Tisch. Ich kann Ihnen sogar einen Aschenbecher anbieten. Theoretisch dürfen wir zwar nicht rauchen, aber wir können ja das Fenster aufmachen.«

Elizabeth nahm zuerst die Einteilung nach Stationen in Angriff. Es war das gleiche System der Felder wie an der Metrostation Concorde. Da sie den Blick der jungen Frau auf sich ruhen fühlte, blätterte sie langsam die Seiten um, wobei sie manchmal innehielt. Die Stationen zogen in der Reihenfolge vorbei: Château de Vincennes, Bérault, Saint-Mandé-Tourelles... Sie sah zu einem riesigen Metroplan hinauf, der sich von der grauen Wand abhob, und seufzte. Es blieben noch zehn Stationen bis zur Concorde. Sie hatte ein kleines Notizbuch mitgebracht, in das sie sich Notizen machte. Das sah glaubhafter aus.

Sie brauchte über eine Viertelstunde, bis sie zu Hôtel de Ville kam. Die junge Frau bediente wieder ihren Fernschreiber. Elizabeth nutzte die Gelegenheit, um einige Seiten zu überspringen. Sie stellte fest, daß Châtelet eine der gefährlichsten Stationen war. Louvre, Palais-Royal, sie näherte sich... Tuileries... Sachte... *Concorde*. Sie atmete tief durch. Nichts durfte ihre Aufregung verraten. Das erste Feld, das vom Montag, war leer. Kein Überfall an diesem Tag in der Metrostation Concorde. *Nichts*. Er war vielleicht weitergefahren und an einer anderen Station ausgestiegen, sie blätterte weiter bis Pont de Neuilly. Es hatte an diesem Montag zwar einige Überfälle gegeben, aber fast ausschließlich Diebstähle. Kein blutiger Überfall auf diesem Teil der Strecke. Elizabeth überprüfte die chronologische Einordnung: Zwischen achtzehn und zwanzig Uhr hatte es nur Diebstähle gegeben, keinen Tropfen Blut. Die Linien und die Felder tanzten vor ihren Augen, sie mußte aufhören.

»Entschuldigen Sie bitte... An manchen Tagen steht nichts da...«

»Was suchen Sie eigentlich genau?«

Der Ton war freundschaftlich.

»Ich habe es Ihnen doch erklärt, ich führe eine Untersuchung für das Innen...«

»Elizabeth, Sie heißen doch Elizabeth, nicht wahr, Sie arbeiten für kein Ministerium. Aber

Sie sind hierher gekommen, um etwas zu suchen... Und ich will Ihnen helfen...«

Elizabeth glaubte zu träumen. Zuerst löste sich ihr Opfer in der Luft auf, dann merkte ein Mitglied der Direktion der R.A.T.P., daß sie log, und bot sich an, ihr zu helfen. Warum sollte sie nicht alles erzählen, die Absurdität der Situation drängte sie dazu, es zu tun.

»Wollen Sie alles wissen?«

»Ja.«

Sie setzte sich Elizabeth gegenüber.

»Haben Sie keine Angst, bei mir haben Sie nichts zu befürchten. Lassen Sie sich von mir helfen, bitte...«

Während sie sprach, hatte sie ihre Hand vorgeschoben, eine wahrscheinlich feuchte Hand. Elizabeths Augen wurden plötzlich von dem gelben Pullover angezogen, und sie sah die beiden unter dem feinen Wollgarn aufgerichteten Brüste. Sie stand jäh auf.

»Sie können mir nicht helfen!« schrie sie.

Sie schnappte ihren Mantel und ihre Handtasche, und die aufgeschlagenen Register auf dem Tisch im Stich lassend, stürzte sie auf die Tür zu. Bevor sie sie wieder schloß, hatte sie noch Zeit gehabt, flüchtig eine reglose Gestalt zu sehen, die Hand immer noch ausgestreckt.

Sie lief durch den Korridor, die verkrampfte Faust auf den Lippen. Sie öffnete aufs Geratewohl eine Tür und fragte nach den Toiletten.

Ein fassungsloses Gesicht antwortete ihr: »am Ende des Korridors, rechts«. Elizabeth begann wieder zu laufen. Sie drehte sich mehrmals um in der Furcht, hinter sich den gelben Fleck des Pullovers der jungen Frau zu entdecken. Sie schloß sich auf der Toilette ein und setzte sich auf den Klositz. Sie wartete, bis sie wieder Atem geschöpft hatte, und ging hinaus.

Sie fand ein Taxi, und einige Minuten später geriet das ganze Büro angesichts ihrer Eleganz in Begeisterung. Elizabeth hatte vergessen, sich umzuziehen.

Elizabeth ging zu Bett. Sie hatte keinen Schlaf. Sie las einen Kriminalroman und löschte das Licht. Ihre Augen machten keinerlei Anstalten, sich zu schließen. Sie machte wieder Licht, stand auf und zog sich an. Sie schlüpfte in ihren Mantel und verließ das Haus. Sie hatte das Verlangen zu gehen, sich zu bewegen. Sie schritt mit langsamen, eifrigen Schritten aus, auf die Bewegungen ihrer Fesseln, ihrer Knie, ihrer Hüften, auf den Boden unter ihren Füßen und das Schwingen ihrer Arme achtend. Es war annähernd zwei Uhr, und es war kalt, die Straßen waren fast menschenleer. Vor einer Bar diskutierten drei Personen. Zwei Männer und eine Frau. Elizabeth blieb stehen, um sie zu beobachten. Die Frau war etwa vierzig Jahre alt, ein wenig verwelkt, noch schön, blond, elegant.

Die beiden Männer waren älter, sie glichen sich, vermutlich Brüder. Die Frau bemerkte Elizabeth, winkte sie heran und schlug ihr vor, sich ihnen anzuschließen, um etwas trinken zu gehen. Ohne zu zögern, nahm sie an. Sie gingen in die Bar und setzten sich an einen Tisch. Es gab keine Musik, und das Licht war angenehm. Sie bestellten. Einer der beiden Männer bestellte einen Kräutertee. Der andere Mann und die Frau sprachen ungeheuer viel. Elizabeth hörte ihnen schweigend zu. Der Mann mit dem Kräutertee sagte nichts, er drehte ganz mechanisch einen Löffel in seiner Tasse um. Die Frau stand auf, sie folgten ihr. Draußen boten sie Elizabeth an, sie nach Hause zu fahren, doch sie lehnte ab, sie zog es vor, zu Fuß zu gehen. Die Frau und der redselige Mann umarmten sie. Ihr Gefährte hatte sich von ihnen entfernt, er drehte ihnen den Rücken zu und pfiff vor sich hin, die Hände in den Taschen. Er verabschiedete sich nicht von Elizabeth. Elizabeth entfernte sich langsam.

Sie erwachte gutgelaunt. Sie nahm ein Bad und wechselte den Verband an ihrem Finger. Die Wunde schloß sich nicht und tat etwas weh. Sie desinfizierte sie und legte Mull drauf, den sie mit Heftpflaster befestigte. Dann zog sie sich an. Als sie gerade in ihre Jeans steigen wollte, besann sie sich eines anderen. Im Büro hatten sie sie im Rock gesehen, warum sollte sie ihn nicht wieder anziehen?

Den ganzen Tag über tippte sie auf der Maschine. Am Abend schmerzte ihr Finger wahnsinnig. Auf dem Nachhauseweg ging sie in eine Apotheke. Die Apothekerin sah sich den Finger an. Kein schöner Anblick. Elizabeth machte sich Sorgen. Sollte sie ins Krankenhaus gehen? Würde der Finger genäht werden müssen? Die Apothekerin beruhigte sie. Man müßte die Wunde vor allen Dingen reinigen. Sobald sie zu Hause war, tat Elizabeth, was man ihr geraten hatte. Sie tauchte ihren Finger in ein mit warmem Wasser vermischtes keimtötendes Mittel, puderte ihn mit einer weißen Substanz und verband ihn wieder. Zwei Tage später war er geheilt, und sie war froh, daß sie nicht ins Krankenhaus gemußt hatte.

Der Mann hatte nicht verschwinden können. Sie sah ihre Hände an. War auf ihrer rechten Blut gewesen und hatte die linke das Messer gehalten? Nein, es war umgekehrt, das Blut links, das Messer rechts. Damals hatte sie keinen Verband um den Zeigefinger. Sie erstarrte, die Augen auf die verletzte Hand gerichtet. *Sie hatte nicht ins Krankenhaus gemußt.* Der Mann hatte es genauso gemacht wie sie.

Der Apotheker in der Rue Saint-Florentin hatte tatsächlich etwa drei Wochen zuvor einen Mann behandelt, der an der Hüfte verletzt war. Die Verletzung war zwar leicht, aber er hatte ihm vorsichtshalber eine Spritze gegen Wundstarrkrampf gegeben. Er hatte ihm auch geraten, einen Arzt aufzusuchen. Der Mann war Ausländer – er war Amerikaner, sprach aber sehr gut französisch – und kannte keinen Arzt in Paris. Der Apotheker hatte ihn bei einem guten Arzt im Viertel angemeldet. Er erinnerte sich an seinen Namen. Ein komischer Name mit einem Frauenvornamen. Cecil ... Cecil Fox. Ja, genau: Cecil Fox. Und er wohnte im Hotel, in einem Hotel, das wohl ganz in der Nähe sein mußte, da er kein Taxi nehmen wollte, um heimzufahren, er zog es vor, zu Fuß zu gehen.

Amerikaner... Nein, kein Amerikaner. Amerika war zu weit weg. Sie könnte nie dorthin fahren. Sie war noch nie in ihrem Leben gereist. Sie war drei Tage in Amsterdam gewesen mit Marie, das war alles.

Sie würde hinfahren. Sie würde sogar hinfahren, wenn es zu weit, zu teuer, zu lang wäre, sie konnte nicht mehr zurück, es war zu spät. Aber vielleicht hatte der Mann Paris noch gar nicht verlassen. Sie könnte ihn aufsuchen, sie brauchte nur sein Hotel zu suchen. Der Apotheker hatte keine Frau erwähnt. Der Mann, Cecil Fox, war allein. Cecil Fox, der Rücken und das Blut hatten endlich einen Namen.

Am nächsten Tag schloß sie sich in ihrem Büro ein und rief in allen Hotels an, die in der Nähe der Place de la Concorde gelegen waren, ausgenommen die Luxushotels: Mit seiner alten Lederjacke war Cecil Fox sicherlich nicht in einem großen Hotel abgestiegen. Sie fand einen Robert Fox in einem Hotel an der Madeleine, aber keinen Cecil Fox. Sie entfernte sich zunehmend von der Place de la Concorde und versuchte es mit dem Börsenviertel, den Champs-Élysées und dem vierten Arrondissement. Nichts. An der Hüfte verletzt, selbst wenn auch nur leicht, hatte er nicht viel weiter gehen können. Es sei denn, er hätte wie sie die Seine überquert ... Sie griff wieder zum Michelin-Führer und rief die Hotels in ihrem Viertel an. Endlich antwortete ihr eine Frauenstimme, daß bei ihnen tatsächlich ein Monsieur Fox gewohnt habe, Cecil Fox, der letzte Woche wieder abgereist sei. Elizabeth legte auf. Sie hatte ihn gefunden. Es war das Hotel Saint-Simon in der Rue Saint-Simon, ganz in ihrer Nähe. Sie ging noch am selben Abend hin. Die Angestellte in der Rezeption machte keinerlei Schwierigkeiten, um ihr die Adresse von Cecil Fox zu geben. Sie sah in ihrem Fremdenbuch nach und kritzelte einige Worte auf ein kleines Blatt Papier, das sie Elizabeth hinhielt.

Sie wartete, bis sie auf der Straße war, um nach der Adresse zu sehen: 17, Upper Terrace. Hampstead. London. *Großbritannien.* Der Apotheker hatte sich geirrt, Cecil Fox war nicht Amerikaner, er war Engländer, Engländer aus London. London, das war nicht viel weiter als Amsterdam ... Sie würde das Flugzeug nehmen. Sie hatte es oft genommen, um nach Nizza, Bordeaux oder Toulouse zu fliegen.

Nach London zu fliegen, das wäre wirklich keine Reise.

Sie sah in ihrem Notizbuch nach und setzte das Datum ihrer Abreise fest: am letzten Wochenende im April. Das ließ ihr noch etwa zehn Tage Zeit. Sie buchte einen Platz für den ersten Flug am Samstagmorgen. Sie würde die Nacht vom Samstag auf Sonntag bei Freunden ihrer Eltern verbringen, die sie oft eingeladen hatten. Sie rief sie an, um ihnen ihre Ankunft anzukünden, und sie freuten sich schon bei der Aussicht, sie endlich bei sich zu Hause zu empfangen. Sie versprachen, sie am Flughafen Heathrow abzuholen.

Es wurde immer wärmer. Sie kaufte zwei leichte Röcke, eine Seidenbluse und ein Paar helle leichte Schuhe. Sie besorgte sich auch ein dickes Englisch-Wörterbuch. Mit Paketen beladen kam sie heim, und zum ersten Mal bemerkte sie die Unordnung und den Schmutz, die in ihrer Wohnung herrschten. In dem großen Zimmer war der mit Büchern überladene Bücherschrank mit Pappkartonscheiben verkeilt, eine mit beigem Stoff bedeckte Matratze diente als Couch, und der Teppichboden war mit alten Zeitungen übersät. In der Küche lag nichts herum. Dafür quoll der Kühlschrank von ausgekeimten Kartoffeln, pergamentartigen Salatblättern, Käserinden und leerem Verpackungsmaterial über. Im Spülbekken lagen die vollen, weichen Filtertüten der letzten Tage neben einer Tasse und einem Kaffeelöffel, die Elizabeth jeden Morgen benutzte. Die Wandschränke enthielten einige Teller, leere Flaschen und ein halbes Dutzend durch Kalkablagerungen undurchsichtig gewordene Gläser. Die Regale im Badezimmer waren zugestellt mit längst verfallenen Medikamenten, mit Zahnbürsten, deren Borsten abgenutzt waren, und mit verschiedenen Tuben, denen die Schraubkappe fehlte. Der Spiegel war mit Zahnpastaflecken übersät, und durchsichtige Seifenstücke häuften sich in den Ecken einer etwas grauen Badewanne. Im Schlafzimmer stand nur ein großes Bett, das nie gemacht war. Das Arbeitszimmer diente als Abstellkammer.

Elizabeth sah sich überrascht um. Wie hatte sie es ertragen können, darin zu wohnen? Sie hatte oft versucht aufzuräumen, die Bücher übereinanderzustapeln, die Mülleimer zu leeren, ihre Sachen zusammenzulegen, doch sehr schnell erstickte sie die Ordnung, und alles wurde wieder wie vorher. Heute brachte diese Kulisse sie auf. Sie verließ die Wohnung und schlug die Tür hinter sich zu. Eine halbe Stunde später kam sie mit Scheuertüchern, Staubtüchern, Schwämmen, Putzlappen, Müllsäcken, Reinigungsmitteln aller Art für den Boden, die Fensterscheiben, das Geschirr, das Emaille, das Steingut und den Teppichboden zurück. Sie opferte ihren Samstagabend und ihren Sonntag, um alles rauszuschmeißen. Sie stopfte die farblosen Tabletten, die erstarrten Hustensäfte, die alten Bürsten und die zahnlosen Kämme, die leeren Eierschachteln und die Flaschen und den ganzen Inhalt des Kühlschranks in die Müllsäcke hinein.

Sie warf die zerrissenen oder vergilbten Kleider, die unvollständigen Socken und die hartgewordenen Schuhe weg. Sie wechselte die Bettlaken und faltete die schmutzigen zusammen. Schließlich brachte sie alles hinunter in die Gemeinschaftsmülltonnen und legte die Matratze aus dem Wohnzimmer auf den Bürgersteig. Sie lieh sich von ihren Nachbarn den Staubsauger aus. Erschöpft ging sie zu Bett und erwachte in bester Laune.

Die Woche verlief ruhig. Am Freitagabend packte sie ihren Koffer und ging früh zu Bett. Um sechs Uhr wurde sie wach, nahm ein Bad, wusch sich die Haare und rief ein Taxi. Sie vergewisserte sich mehrmals, daß sie ihr Flugticket nicht vergessen hatte, und kam zwei Stunden vor Beginn der Gepäckaufnahme in Roissy an. Sie entdeckte sofort den Schalter der British Airways. Beruhigt spazierte sie im Flughafengebäude herum und nahm in der Cafeteria ihr Frühstück ein. Sie kaufte sich einige Frauenzeitschriften und Zigaretten.

Erst als sie ihren Koffer aufgegeben und ihre Bordkarte bekommen hatte, begriff sie, daß sie allein ins Ausland reisen würde. Sie war nicht mehr richtig in Paris und noch nicht im Flugzeug. Sie war vollkommen glücklich. Alles war neu, die Leute um sie herum, die Seide auf ihrer Haut, der merkwürdige Nachgeschmack des Hörnchens, das sie gerade gegessen hatte, und sie hatte keine Angst. Sie verreiste.

Sie nahm ihren Platz im Flugzeug ein. Während sie die Zeitschriften durchflog, brachte ihr eine Stewardeß ein Tablett, das sie kaum anrührte. Das Flugzeug setzte über London-Heathrow zur Landung an. Sie folgte den anderen Passagieren zur Gepäckausgabe und erblickte Sarah und Larry Wyke, die ihr lebhaft zuwinkten. Sie nahm ihren Koffer vom Band und lief eilig auf sie zu. Sie umarmten sie herzlich und fanden sie sehr verändert. Sie sprachen nicht französisch, und Elizabeth fand zu ihrer großen Überraschung sehr schnell ihre Englischkenntnisse wieder. Die Fahrt war lang. Endlich kamen sie in Hammersmith vor dem winzigen Haus der Wykes an. Während Sarah die Mahlzeit zubereitete, brachte Larry Elizabeth im ehemaligen Zimmer seines Sohns unter und zeigte ihr das Badezimmer. Sie räumte ihre Sachen weg, wusch sich die Hände, das Gesicht und kehrte dann zu ihren Gastgebern zurück, um zu Mittag zu essen. Sie erklärten ihr auf einem Plan, wie sie sich in London zurechtfinden könne, und erboten sich, ihr die Stadt zu zeigen. Sie lehnte unter dem Vorwand von Arbeitstreffen freundlich ab. Nach dem Essen gab ihr Sarah einen Schlüsselbund, und Larry setzte sie mit dem Auto an einer Untergrundstation ab. Cecil Fox wohnte genau am andern Ende von London, aber sie brauchte nur einmal umzusteigen. Der Zug fuhr ein. Sie setzte sich auf eine lange Sitzbank, dem Bahnsteig gegenüber. Sie stieg in King's Cross um. Eine halbe Stunde später war sie in Hampstead. Sie sah auf ihren Plan. Sie war gar nicht weit weg. Sie ging an einem Friedhof entlang, bog in eine menschenleere Straße ein und kam in Upper Terrace heraus. Die Straße bestand aus Häusern und Gärten. 7, 9, 11, 13, 15. Elizabeth blieb vor der Hausnummer 17 stehen. Es war ein kleines weißes Haus mit zwei Stockwerken. Die Fensterläden und die Tür waren dunkelgrün gestrichen, und ein Pflänzchen wilder Wein kletterte an der Fassade hoch. Ein einfaches und freundliches Haus. Ein Wagen war unter einem Schutzdach geparkt, ein alter, ganz verbeulter Ford, der wahrscheinlich ausrangiert war: Der Fahrersitz war beschädigt. Sie ging näher an das Haus heran. Es waren zwar keine Gitter an den Fenstern, aber dicke Vorhänge hinderten sie daran, ins Innere zu sehen. Plötzlich hörte Elizabeth Schritte, sie holte schnell ihren Plan aus der Tasche und sah darauf nach, als ob sie sich verirrt hätte. Ein alter Mann ging an ihr vorbei, ohne ihr auch nur den kleinsten Blick zu gönnen, und setzte seinen Weg fort. Als er verschwunden war, ging sie an die Tür. Sie hob die rechte Hand bis zur Klingel. Ihre Geste blieb in der Schwebe. Sie ließ plötzlich den Arm fallen und machte kehrt. Einige Augenblicke blieb sie reglos stehen, dann begann sie zu laufen. Sie rannte die Upper Terrace hinunter, rutschte auf den Kieselsteinen aus, verstauchte sich die Knöchel. Einer ihrer Absätze blieb zwischen zwei weitgefugten Pflastersteinen stecken, und sie zog ihre Schuhe aus. Als sie in Sichtweite der Untergrundbahn kam, blieb sie stehen und zog ihre Schuhe wieder an. Sie humpelte bis zum Bahnsteig. Der Zug fuhr ein. Sie stieg aufs Geratewohl in einen Wagen und ließ sich auf die Sitzbank fallen. Bei der Hinfahrt hatte sie bemerkt, daß die Leute in den Wagen rauchten. Sie steckte sich eine Zigarette an und entspannte sich. Dann sah sie hoch und stellte fest, daß alle Augen auf sie gerichtet waren. Sie war etwas außer Atem und schwitzte ein wenig, doch ihre Kleidung war korrekt. Sie hatte kein Messer in ihrer Handtasche, und niemand kannte sie. Eine alte Frau stand auf und ging zu ihr. Elizabeth hatte Angst. Die Alte radebrechte einige Wörter, und sie verstand voller Erleichterung, daß sie in einem Nichtraucherabteil war. Sie lächelte, entschuldigte sich und drückte ihre Zigarette aus. Sie hatte genug von der Untergrundbahn. Sie stieg bei der nächsten Station aus und nahm ein Taxi bis Hammersmith. Die Wykes waren ausgegangen. Sie packte ihren Koffer und schrieb ihnen einige Zeilen, um sie davon zu unterrichten, daß sie ihren Aufenthalt abkürzen mußte und daß sie sie von Paris aus anrufen würde. Sie legte ihren Brief in der Diele deutlich sichtbar neben den Schlüsselbund und schlug die Tür hinter sich zu.

Sie kam gegen Mitternacht zu Hause an. Sie zog sich nicht aus, legte sich nicht hin. Sie verbrachte die Nacht auf ihrem Bett sitzend, mit leerem Kopf und angespanntem Körper. Bei Tagesanbruch nahm sie ein Bad. Sie fühlte sich unerklärlicherweise schmutzig und seifte sich mehrmals ein. Sie schlüpfte in einen Bademantel und schaltete das Radio ein, ohne hinzuhören. Sie machte sich Kaffee und trank einige Tassen davon. Allmählich kam sie wieder zu sich. Sie machte den Wandschrank auf und holte alle ihre alten Kleider heraus, ihre Jeans, ihre T-Shirts und ihre Rollkragenpullover. Sie schichtete sie im Kamin aufeinander und legte das Messer darauf. Sie fingen schnell Feuer und verbreiteten einen widerlichen Gestank. Sie öffnete das Fenster ein Stück und verließ den Raum. Sie wohnte dem auflodernden Feuer nicht bei. Als sie zurückkam, war alles verschwunden, außer dem Messer. Sie ergriff es heftig und ließ es mit einem Schmerzensschrei fallen. Es war brennendheiß. Sie schüttelte ihre Hand, auf ihrem Handballen bildete sich bereits eine dicke weiße Brandblase. Elizabeth lächelte. Diesmal wenigstens hatte sie es nicht absichtlich getan. Sie räumte die Asche aus und verstaute das Messer ganz oben in ihrem Wandschrank. Sie würde alles zerstören, was sie an das Blut erinnerte. Es gehörte zu einer vergangenen Zeit. Sie war keine Kriminelle mehr. Es gäbe keine formlosen Kleider und kein Messer mehr, keine Wunden und keinen Schmutz mehr. Sie würde nach London zurückkehren, und sie würde den Mann sehen. Das Blut hätte keine Macht mehr über sie.

Sie löste wieder ein Flugticket für den folgenden Samstag, für den gleichen Flug. Sie buchte ein Zimmer in einem Hotel nahe beim British Museum. Sie würde nicht zu den Wykes zurückkehren. Eines Abends, als sie aus dem Büro nach Hause kam, bestellte sie eine Couch und zwei Sessel. Sie hatte Geld, alles, was sie Jahre hindurch nicht ausgegeben hatte. Sie würde nicht mehr wie vorher leben.

Am Samstagmorgen fand sie sich zu der auf dem Flugticket angegebenen Stunde am Abfertigungsschalter ein. In London begab sie sich sofort ins Hotel und nahm ihr Zimmer in Besitz. Sie aß in einer polnischen Konditorei Kuchen und besichtigte Harrod's. Sie ließ sich Zeit.

Um achtzehn Uhr war sie vor dem kleinen weißen Haus mit den grünen Läden, und sie hatte keine Angst. Sie drückte auf den Klingelknopf. Sie hörte einen schleppenden Schritt und schnitt eine Grimasse. Endlich ging die Tür auf. Der Mann, der vor ihr stand, war mindestens siebzig Jahre alt. Er musterte sie unfreundlich und fragte sie, was sie wünsche. Cecil? Aber um diese Zeit war er in den Riverside Studios ... Der alte Mann nieste und putzte sich lautstark die Nase. Er drückte die Tür ein Stück zu. Elizabeth dankte ihm und entschuldigte sich. Die Tür schlug zu. Riverside Studios... Sie ging ins Hotel zurück und erkundigte sich bei der Angestellten in der Rezeption. Riverside Studios war ein Theater, das im Westen Londons lag, in Hammersmith... Elizabeth nahm ein Taxi. Was mochte er wohl in einem Theater machen? Und der alte Mann? Er war sicherlich sein Vater. Cecil Fox mußte jung sein. Dreißig Jahre, vielleicht fünfunddreißig, mehr nicht. Das Taxi hielt vor einem langen, flachen, grauen Gebäude. Riverside Studios. Sie bezahlte das Taxi und stieß die mit Fingerabdrükken befleckte Glastür auf. Es war eine riesige Cafeteria. Um kleine Holztische herumsitzend, aßen junge Leute Sandwiches und tranken Bier. Nie würde sie in dieser Menge Cecil Fox finden. Sie sah die Plakate. ›King Lear‹ in großen blauen Buchstaben, darunter eine lange Liste von Namen in alphabetischer Reihenfolge. An fünfter Stelle kam Cecil Fox. ›König Lear‹ gespielt von einer Truppe junger Leute... Elizabeth war versucht wegzugehen, dann besann sie sich eines anderen. Sie war nicht ins Theater gekommen, sie war gekommen, um Cecil Fox zu sehen, sie würde nicht eher wieder gehen, bis sie ihn gesehen hätte. Die Vorstellung begann um zwanzig Uhr, sie hatte gerade noch Zeit, eine Eintrittskarte zu lösen.

Sie betrat den Saal. Es gab keinen Platz mehr

auf den ansteigenden Sitzreihen aus Beton. Sie bat einen hochgewachsenen, blassen jungen Mann, etwas zu rücken, und setzte sich neben ihn. Sie sah auf die Knie ihrer Nachbarn. Niemand schien ein Programm zu haben, und es gab keine Platzanweiserin im Saal. Sie kannte das Stück und hätte wetten mögen, daß Cecil Fox den Edmund spielen würde. Ja, Edmund. Edmund oder Edgar, den einen oder den andern. Eher Edmund. Plötzlich gingen die Lichter aus, die Bühne wurde hell, und die Schauspieler traten auf. Kent, Gloster, dann Edmund... Nein, nicht er. Sie verbarg ihr Gesicht in den Händen. Warum, warum hatte sie auf diesen Mann eingestochen? *»Attend the Lords of France and Burgundy, Gloucester.«* Elizabeth stand mit einem Satz auf. Cecil Fox! Es war die Stimme des Rückens, es war die Stimme des Bluts. Er war es. Sie blieb taub für die Proteste hinter ihr. Ihr Nachbar zog sie am Ärmel und flüsterte ihr einige Worte zu. Sie setzte sich wieder hin. »Of all these bounds, even from this line to this...«

Er war es, sie wußte es. Es war König Lear und nicht einer von den beiden Jungen. Ihre Wangen brannten. Sie wäre gern aufgestanden, umhergegangen, hätte sich gern bewegt, aber sie wollte nicht mehr sitzenbleiben. Sie sah nicht auf die Bühne. Sie preßte die Fäuste zusammen, schloß die Augen, sie sträubte sich gegen diese Stimme. Dann wehrte sie sich nicht mehr, und die Stimme besiegte sie.

Während der Pause verließ sie nicht ihren Platz. Atemlos und strahlend blieb sie sitzen. Endlich hatte sie Cecil Fox gefunden, sie hatte ihn gehört, sie hatte ihn gesehen. Aber nein, sie hatte ihn nicht gesehen. Die Stimme hatte sie daran gehindert, sie hatte vergessen, ihn anzusehen.

Während der beiden letzten Akte versuchte sie seine Züge zu erkennen, aber das Gesicht Cecil Fox' war unsichtbar unter den unechten Falten, der Schminke, der Perücke, dem falschen weißen Bart und Schnurrbart. Das lange, wallende Königsgewand verbarg seinen Körper völlig. Er hielt sich leicht gebeugt, und sie konnte seinen Rücken nicht wiedererkennen. Aber es war Cecil Fox, das konnte nur er sein. Die Schauspieler traten vor die Rampe. Sie hielten sich an der Hand und hoben die Arme, und die Ärmel des Gewands von König Lear rutschten hoch, entblößten seine Handgelenke. Sie waren weiß und glatt. Nach mehreren Vorhängen verschwanden die Schauspieler, und der Saal leerte sich. Elizabeth fragte nach dem Weg in die Kulissen. Man zeigte auf eine kleine Tür, die sie ohne zu zögern aufstieß. Sie war allein in einem engen Korridor. Sie hörte Lachen und Stimmengewirr. Cecil Fox wäre nicht allein in seiner Garderobe. Sie sah seinen Namen auf der vierten Tür, klopfte leise an und wartete. Nichts, kein Geräusch. Sie klopfte ein zweites Mal, lauter. Es war noch Zeit wegzugehen. Die Tür ging plötzlich auf, und König Lear erschien, ein Handtuch in der Hand. Elizabeth stand reglos da, unfähig, auch nur ein einziges Wort zu sagen. Er musterte sie lange und bat sie herein. Erst als sie hörte, daß die Tür wieder ins Schloß schnappte, wurde ihr bewußt, daß er französisch mit ihr gesprochen hatte. Er setzte sich an einen kleinen Tisch und begann damit, sich abzuschminken. Er beobachtete sie im Spiegel. Elizabeth setzte sich langsam auf einen Stuhl und schloß die Augen. Sie hörte, wie er Fläschchen öffnete, sie wieder hinstellte. Er atmete stark. Vielleicht war er noch außer Atem. Er stieß ein leises Knurren aus. Sie öffnete wieder die Augen. Er war aufgestanden und stand jetzt vor ihr. Er hielt ihr ein Blatt Papier und einen Bleistift hin. Immer noch auf französisch bat er sie, ihre Telefonnummer aufzuschreiben. Er sagte noch, daß er in den kommenden Wochen nach Paris zurückzukehren gedenke und daß er sie anrufen würde. Elizabeth tat, worum er sie bat, stand ebenfalls auf und verließ die Garderobe ohne ein Wort.

Sie ging wieder ins Hotel und legte sich aufs Bett. Sie hatte nicht einmal sein Gesicht gesehen. Alles war so schnell gegangen. Sie hatte nur bemerkt, daß am Rand seiner Augenlider etwas Wimperntusche haften geblieben war. Er hatte das Königsgewand nicht ausgezogen, sie erinnerte sich an das weiße Blatt, das sich von dem schweren blauen Stoff abhob. Er hatte sich in ihrer Gegenwart nicht ausziehen wollen. Er würde nach Paris kommen, oder besser: Er würde wieder nach Paris kommen ... Er hatte sie auf französisch angesprochen, er wußte, daß sie Französin war. Sie kannte immer noch nicht sein Gesicht.

Am Sonntagmorgen spazierte sie durch die Straßen Londons. Sie beobachtete die Passanten. Wenn sie zufällig Cecil Fox begegnete, würde sie ihn erkennen? Am frühen Nachmittag flog sie erschöpft nach Paris zurück. Sie hatte schlecht geschlafen und hatte seit dem Kuchen am Vortag nichts gegessen. Sie konnte sich nicht dazu aufraffen, hinunterzugehen und etwas zu kaufen. Sie verbrachte den Rest des Tages mit Lesen und schlief früh ein.

Sie war froh, als sie wieder in ihrem Büro saß, und ging mit den andern zum Mittagessen. Sie gehörte von nun an zu ihrer Gruppe. Sie wußten, daß sie das Wochenende in London verbracht hatte, stellten aber keine Fragen. Sie aß mit ihrem Freund David zu Abend und war gerade zu Bett gegangen, als das Telefon klingelte. Sie erkannte sofort Cecil Fox. Die Stimme war sanft, gedämpft durch die Entfernung.

»Wie heißen Sie?«

Elizabeth erinnerte sich, daß sie nur ihre Telefonnummer auf das weiße Blatt geschrieben hatte und sonst nichts. Sie sagte ihm ihren Namen. Die Stimme Cecil Fox' wurde lauter:

»Ich werde am 20. Mai in Paris sein, ich würde Sie gern sehen. Ich rufe vorher noch einmal an...«

Die Stimme war verstummt. Er hatte aufgelegt. Elizabeth legte den Hörer hin. Er hatte sie angerufen!

Er rief sie einige Tage später noch einmal an und bestätigte seine Ankunft für den 20. nachmittags. Elizabeth wunderte sich nicht über seinen Anruf. Es würde noch andere geben. Sie würde ihn endlich sehen.

Sie arbeitete. Man hatte ihr die Couch und die Sessel angeliefert. Sie richtete ihre Wohnung ein und machte Einkäufe. Sie kaufte Konservendosen, Öl, Essig, Eiswürfelbereiter und Papierservietten. Sie wartete.

Als sie am 20. Mai aus dem Büro nach Hause kam, klingelte das Telefon. Die Stimme war etwas ungeduldig. Er verabredete sich mit ihr für acht Uhr in der Bar eines Hotels in der Rue de l'Université. Sie nahm ein Bad, zog sich an, schminkte sich kaum. Es war mild, sie ging ohne Mantel aus dem Haus. Sie betrat die Bar. Er kam ihr entgegen. Er war nicht viel größer als sie. Er trug eine fast neue Lederjacke. Er streckte die Hand nach ihr aus, berührte sie aber nicht. Mit seinem ausgestreckten Arm zeigte er auf einen Tisch. Seine Bewegungen waren weitausholend. Er war massig, dick, hart und schön. Er war nicht jünger als fünfundvierzig und nicht älter als fünfundfünfzig. Sie setzten sich. Er winkte den Kellner heran und bestellte. Elizabeth hörte ihn atmen. Die Getränke kamen. Sie wußte nicht, was sie trank. Es schmeckte gut. Sie gingen hinaus. Auf der Straße nahm er ihren Arm, aber sie mochte nicht die Berührung mit dem neuen Leder und machte sich sachte frei.

Er führte sie in ein Restaurant im Viertel. Dort sprachen sie miteinander. Er wußte noch nicht, wie lange er in Paris bleiben würde, das hing alles von einer Tournee ab, die er organisierte. Mehrere Shakespeare-Stücke in Paris und in einigen Provinzstädten. Sie erzählte ihm ihrerseits kurz und in belanglosen Worten, was sie tat, als ob ihre Arbeit nur vorübergehend sei. Er begleitete sie bis vor ihre Haustür, sie gingen auseinander, ohne sich die Hand zu drücken.

Sie sahen sich am nächsten Abend wieder. Nach dem Abendessen kam er auf ein Glas mit zu ihr. Er blieb sitzen, während sie sich in der Küche zu schaffen machte. Er betrachtete weder die Bücher noch den Rest der Wohnung. Sie machte zwei Whiskys fertig, ließ aber die Gläser auf dem Tablett vor ihnen stehen. Cecil war aufgestanden, wahrscheinlich um ihr zu helfen. Sie trat zu ihm und legte ihre Hand auf seinen Bauch. Sie bewegte langsam ihre Finger, sie spürte die Haut durch das Baumwollhemd hindurch. Er atmete stark. In der Metro hatte sie ihn nicht so atmen hören können. Sie drückte ihren Mund auf Cecils Lippen. Seine Zunge war hart, das Innere seiner Wangen und sein Zahnfleisch waren sanft und glatt. Er hatte einen guten Geschmack nach Tabak. Er brummte sanft. Schließlich preßte er sie an sich.

Er lag ausgestreckt auf dem Bett. Über ihn gebeugt, fuhr Elizabeth über seine ganz weiße Haut, sein festes und fettes Fleisch. Sie liebten sich. Dann zog sie die Decke hoch und löschte das Licht. Ihr Arm lag auf Cecils Bauch. Sie wußte nicht, ob er schlief, und wagte nicht zu sprechen. Sie hatte auf nichts anderes Lust als auf diesen Bauch, der sich im Rhythmus seines gleichmäßigen Atems sanft hob und senkte. Sie blieb so reglos im Dunkeln liegen, aufmerksam auf das Geräusch lauschend, das aus diesem an ihrer Seite ausgestreckten Körper kam. Der Atem wurde immer lauter, der Bauch schwoll an, spannte sich, fiel dann zusammen und begann wieder von vorn. Cecil schnarchte. Er schnarchte entsetzlich laut. Ein tierisches Schnarchen, fast ein Gebrüll. Elizabeth entspannte sich, sie hatte sich noch nie so wohl gefühlt. Als sie wach wurde, war Cecil schon vollständig angezogen. Er hatte Kaffee gemacht und war hinuntergegangen, um Croissants und Brioches zu kaufen. Er verschlang fünf davon. Elizabeth beobachtete ihn erstaunt. Er aß, wie er schnarchte. Er sah auf seine Uhr und stand auf, er hatte eine Verabredung. Er verließ sie mit den Worten »Bis heute abend«.

Mehrmals schnupperte sie im Laufe des Tages an ihren Fingern. Sie rochen noch nach Sperma, und dieser Geruch beruhigte sie.

Sie aßen ausgezeichnet zu Abend und tranken viel. Die Stimme Cecils wurde dröhnend, und die Leute sahen sie an. Sie lachte. Sie gingen zu Fuß nach Hause. Elizabeth entdeckte den Körper Cecils. Sie wäre gern unter diesem sahnigen Fleisch begraben, von diesem zarten Bauch erdrückt worden. Doch schließlich war sie es, die sich auf ihn legte.

Am andern Morgen ließ sie ein Bad einlaufen. Cecil stieg in die Wanne und brachte sie zum Überlaufen.

Am Abend kam er mit Einkaufstaschen beladen bei ihr an. Er hatte Kaffee gekauft, der von besserer Qualität war als der, den sie gewöhnlich trank, Gebäck zum Aperitif und Glühbirnen. Er drängte Elizabeth aus der Küche. Einige Minuten später tauchte er wieder auf und stellte zwei volle Gläser sowie Unterteller mit Erdnüssen und Oliven vor sie hin. Sie probierte. Der Rand des Glases war in Zucker getaucht, es war köstlich. Er wartete gespannt auf ihre Reaktion, sie beglückwünschte ihn. Er setzte sich neben sie und bediente sich. Er erzählte ihr, was er den ganzen Tag über getan hatte. Er hatte beschlossen, ›Richard III.‹ und ›König Lear‹ selbst zu inszenieren. Alles ließ sich gut an, er würde wahrscheinlich alle Theater bekommen, die er haben wollte.

Am nächsten Tag teilte er Elizabeth mit, daß er mindestens vier Monate in Paris bleiben würde. Eine Woche später zog er bei ihr ein.

Sie hatte einen Wandschrank und einen Teil der Kleiderablage geräumt, damit er seine Sachen unterbringen konnte. Sie hatte ihm einen Schlüssel machen lassen, den er kaum benutzte: Er ging in der Regel vor ihr weg und kam gegen acht Uhr nach Hause. Dann klingelte er, und sie machte ihm auf.

Sie ertrug es schlecht, daß er sie allein ließ. Während des Tages arbeitete sie viel, doch wenn sie nach Hause kam, war ihr seine Abwesenheit unerträglich. Sie hatte sich an das Geräusch seines Atems gewöhnt. An welchem Ort sie sich auch immer befand, sie hörte ihn atmen. War ihr Cecils Atem genommen, war sie ohne Leben. Er mußte nicht unbedingt mit ihr reden oder sie berühren, ihn zu hören genügte. Sie wußte auch, daß sie nicht mehr einschlafen könnte ohne sein Schnarchen.

Sie kannte nicht viel von seinem Leben. Er war dreimal verheiratet gewesen und hatte nie Kinder gehabt. In seiner Jugend hatte er lange zwischen dem Theater und dem Reiten geschwankt. In London ritt er täglich mehrere Stunden. Er hatte sie kaum über ihr Leben ausgefragt, und das war ihr nicht unlieb, sie hatte nichts zu erzählen. Ihr Leben hatte an dem Tag begonnen, an dem sie ihm begegnet war. Der Tag, an dem sie ihm begegnet war... War es der Tag, an dem sie zugestochen hatte? War es der Tag, an dem sie ihn spielen sah? Der Tag seiner Ankunft in Paris? Die Metrostation Concorde, der Regen, das Blut und das Messer gehörten jetzt zu einer anderen Zeit, zu einer anderen Frau, an die sie sich nicht mehr genau erinnern konnte.

Sie lebten bereits seit vierzehn Tagen zusammen, als sie ihn eines Abends beim Nachhausekommen zu ihrer Überraschung in der Küche fand. Er putzte sorgfältig Gemüse und schälte Obst. Von seiner Arbeit in Anspruch genommen, hörte er sie nicht hereinkommen. Sie beobachtete ihn schweigend, gerührt vom Schauspiel dieses voluminösen Körpers, dessen ganze Energie auf das Schneiden eines Apfels in feine Scheiben konzentriert zu sein schien. Er drehte sich nach ihr um, stand auf und versuchte, sie aus der Küche zu stoßen.

»Was machst du?«

»Ich habe mir gedacht, daß man mit einem Curry anfangen müßte, eine English speciality. Aber setz dich, ich werde dir was zu trinken bringen...«

Sie trank ihren Cocktail im Wohnzimmer. Wie konnte ihr das alles passieren? Wie hatten so viele Dinge geschehen können? Er kam zu ihr, während das Curry köchelte, und erklärte ihr seine Vorstellungen über die Inszenierung von ›Richard III.‹ Er sprach voller Leidenschaft, solange die Kochzeit dauerte. Er unterbrach sich nur einmal, um den Reis aufs Feuer zu setzen. Das Abendessen war fertig. Elizabeth setzte sich zu Tisch, während Cecil eine Flasche Chablis öffnete. Dann brachte er das Curry und den Reis und setzte sich ihr gegenüber. Auf dem Tisch standen alle möglichen Chutneys, grüne, rote, schwarze Soßen, eingelegte Zitronen, Pülverchen. Wo und wann hatte er das alles aufgetrieben? Er hatte es schließlich nicht aus England mitgebracht? Sie bediente sich und begann zu essen. Sie hatte nie etwas so Gutes gegessen. Es war außergewöhnlich. Salzig und gezuckert, sauer und süß, heiß und erfrischend, sogar der Reis hatte Geschmack. Jeder Bissen schmeckte anders als der vorhergehende, und jedesmal war es ein anderer Geschmack, der vorherrschte. Cecil hatte seinen Teller noch nicht angerührt. Erst als er ganz sicher war, daß sie es zu schätzen wußte, war er bereit, ebenfalls zu essen.

Sie standen vom Tisch auf. Cecil wollte das Geschirr spülen, doch Elizabeth hinderte ihn daran. Seit ihrer ersten Reise nach London hatte sie sich mit ihren Nachbarn abgesprochen. Deren Putzfrau kam nun zwei Stunden in der Woche. Cecil hatte zu arbeiten, Elizabeth ging zu Bett, allein. Sie hatte die Schlafzimmertür etwas aufgelassen, um ihn atmen zu hören. Sie schlief, als er neben sie schlüpfte.

Sie sahen sich jeden Abend, allein. Elizabeth rief immer seltener bei David und bei Marie an, die sie, entmutigt, ebenfalls nicht mehr anriefen. Sie fehlten ihr nicht. Sie langweilte sich nie mit Cecil. Sie hatte ihren Schreibtisch leergeräumt, damit er einen Platz hatte, an dem er arbeiten konnte. Wenn er sich daran niederließ, setzte sie sich ins Wohnzimmer. Sie konnte stundenlang so sitzenbleiben, ohne sich zu rühren, ohne zu lesen, ohne etwas zu tun. Sie hörte ihn atmen, Papiere hin- und herschieben, auf- und abgehen, brummen. Er war nie völlig still. Elizabeth schloß die Augen und weidete sich an seiner Gegenwart.

Er kleidete sich einfach, ohne Eleganz und Ausgesuchtheit, doch er war außerordentlich sorgfältig. Er ließ nichts herumliegen, und seine Kleider waren immer weggeräumt. Er rauchte zwar, aber die Aschenbecher waren immer leer und sauber. Er machte nichts schmutzig, die Wohnung war immer tadellos.

Eines Abends hörte Elizabeth beim Nachhausekommen das schlaffe Klatschen eines Putzlappens, ein Geräusch, das aus der Küche kam. Sie runzelte die Stirn, die Putzfrau war bereits am Vortag dagewesen ... Es war Cecil, Cecil, der eifrig die Fliesen in der Küche scheuerte.

»Aber was tust du denn? Das war doch ganz sauber!«

Er zog seine Gummihandschuhe aus und kam zu ihr.

»Ich bereite dir zum Abendessen eine Überraschung vor, ich will eine saubere Küche.«

Elizabeth sagte nichts mehr. Sie hatte einen anstrengenden Tag gehabt, sie wollte sich ein Bad einlaufen lassen, während Cecil sich in der Küche eifrig zu schaffen machte. Dann wollte sie ihm helfen, doch er verbot ihr hereinzukommen. Schließlich rief er sie. Sie betrat die Küche.

Eine Flasche weißer Burgunder stand zum Kühlen in einem Eiskübel. Mitten auf dem Tisch, auf einer riesigen Platte, die Elizabeth nicht kannte, hatte Cecil auf Algen und zerstoßenem Eis eine Menge Austern angeordnet. Neben jedem Teller hatte er eine sachkundig gefaltete Serviette aus dickem, weißem Stoff gelegt. Er hatte sogar an die Austerngabeln gedacht! Und Elizabeth hatte einen Horror vor Austern. Cecil war begeistert über seine Überraschung. Er sah Elizabeth an. Sie zwang sich zu einem Lächeln und schlang die Austern mit gebuttertem Roggenbrot und Schalottenessig hinunter. Er aß ebenfalls, ohne daß er dabei den kleinsten Tropfen Meerwasser verloren gehen ließ. Er versuchte alles aus den Austernschalen herauszuholen. Endlich war die Platte leer. Als Elizabeth die Küche verlassen hatte, spülte Cecil das Geschirr und räumte alles auf.

Sie gingen zu Bett. Cecil hatte sich ausgezogen. Elizabeth trat zu ihm, berührte leicht seine Brust und seine runden Schultern. Er ließ es geschehen, er ließ immer alles mit sich geschehen. Sie hatte ihre Lippen auf jede Falte seines Gesichts und seines Halses gedrückt, auf jede Falte seines Bauches. Sie kannte den Geruch seiner Haare, den Geschmack eines jeden seiner Zehen und den seines Nabels. Sie wußte, wo sein Fleisch zart war und wo es hart war. Sie rückte von ihm ab, sie fühlte sich nicht sehr wohl. Sie schloß sich im Badezimmer ein und legte sich eine Viertelstunde später wieder hin. Das Unwohlsein dauerte an. Cecil schlief nicht, er machte sich Sorgen. Sie beruhigte ihn, sie hatte sicherlich zu viele Austern gegessen... Sie schmiegte sich an ihn. Sobald er zu schnarchen anfing, verflog Elizabeths Unwohlsein.

Die Wohnung veränderte sich nach und nach. Cecil hatte einen niedrigen Tisch gekauft, mehrere Lampen, eine kleine Holztruhe, um die alten Zeitungen einzuordnen, die Elizabeth aufzuheben wünschte, und eine Vielzahl von Küchengeräten, von denen sie nicht wußte, wozu sie dienten.

Sie ging eines Tages zu den Nachbarn, um die Putzfrau zu bezahlen, und erfuhr zu ihrer Verblüffung, daß Cecil sie drei Wochen zuvor entlassen hatte. Wie fand er nur die Zeit und die Energie, um alles zu machen? Er arbeitete viel, manchmal bis spät in die Nacht, er kochte, kümmerte sich um den Haushalt. Und das alles, ohne daß sie etwas davon merkte.

Elizabeth war nie eine große Esserin gewesen, aber sie liebte Cecils Küche, wie sie seinen Körper liebte. Sie aß ohne Gier und Hast alles, was er ihr gab. Sie kaute langsam jeden Bissen, da sie fürchtete, sie ließe sonst seinen Geschmack entweichen. Sie aß alles, das Fette am Fleisch, die Haut an Gemüse und Geflügel, die Rinde vom Käse und die Krume vom Brot. Sie nagte die Knochen ab und biß auf den Knorpeln herum. Sie aß alles auf, was sie auf dem Teller hatte, und ließ nur widerwillig die Fischgräten, die dicken Kerne und die allzu harten Knochen liegen. Nichts flößte ihr mehr den geringsten Widerwillen ein, sie fühlte sich wohl, wenn sie vom Tisch aufstand, und wurde nicht dick.

Es war Sommer. Cecils Küche wurde frischer, leichter. Elizabeth hatte weniger Arbeit, und die Mittagessen des Büros zogen sich bis spät in den Nachmittag dahin. Sie kehrte voller Lust in den kleinen, mit Ordnern geschmückten Raum und zu den Gerüchen nach kaltem Tabak zurück. Manchmal hielt sie sich noch nach der Arbeitszeit dort auf und las ein wenig, bevor sie nach Hause ging.

Eines Abends teilte ihr Cecil mit, daß er für eine Woche nach London zurückkehren müsse. Er würde am Sonntagabend abreisen und am darauffolgenden Samstag zurückkommen. Elizabeth schloß die Augen. Sie hatte nie daran gedacht, daß er sie verlassen könne, nicht einmal für eine kleine Woche. Er versprach ihr, daß er sie oft anrufen würde und daß die Zeit schnell herumginge.

Am Tag vor seiner Abreise gingen sie spazieren. Elizabeth wollte sich Sommerkleider kaufen. Sie wünschte Cecils Meinung zu hören. Sie probierte vor ihm Röcke, Blusen und Kleider an und fragte ihn, was er davon hielte. Er mochte die grellen Farben nicht, abgesehen davon hatte er keine Meinung. Fand er sie schön? Er hatte ihr nie Komplimente gemacht und sie auch nie kritisiert. Er schien kaum darauf zu achten, wie sie sich kleidete. Sah er sie wenigstens an, wenn sie nackt war? Er kannte ihre Hände und ihre Lippen, das Innere ihres Geschlechts und das ihres Mundes, doch was wußte er von ihrem Körper? Er wollte ihr das Kleid schenken, das sie allein ausgesucht hatte, sie lehnte kategorisch ab.

An ihrem letzten Abend aßen sie zusammen in einer Stehbierhalle. Elizabeth liebte diesen Ort ungemein, die schmutzigen Tische und den Geruch nach Speiseresten. Sie aßen Pommes frites und versuchten mehrere Biersorten. Sie war hellauf begeistert und hatte Cecils Abreise fast vergessen.

Sie wurden spät wach. Elizabeth beobachtete ihn, während er seine Koffer packte, und war beruhigt, als sie sah, daß er einen großen Teil seiner Sachen im Wandschrank zurückließ. Sie aßen nicht zu Mittag, und um vier Uhr bestellte Cecil ein Taxi. Elizabeth wollte ihn nicht zum Flughafen begleiten. Sie verabschiedeten sich am Fuß der Treppe.

Sie ging langsam wieder hinauf. Die Wohnung war leer. Sie wagte sich nicht auf die prallen Kissen auf der Couch zu setzen. Sie hatte Lust, eine Zigarette zu rauchen, doch sie verzichtete darauf. Sie würde nicht die von Cecil gesäuberten Aschenbecher beschmutzen. Sie blieb mit hängenden Armen mitten im Zimmer stehen. Sie ging ins Schlafzimmer, das Bett war gemacht. Sie hatte nicht einmal gesehen, wann er es gemacht hatte. Sie nahm ein Bad, schlüpfte in einen Bademantel. Sie schaltete den Fernsehapparat ein und setzte sich auf den Boden. Beinahe sechs Stunden saß sie da, die Augen auf den Bildschirm gerichtet. Sie sah eine Sendung über Tiere, die Nachrichten, eine Musikkomödie und einen alten französischen Film. Dann gab es kein Bild mehr, und sie schaltete ab. Sie ging zu Bett. Sie hatte Hunger. Sie stand auf und öffnete den Kühlschrank. Er enthielt mehrere kleine, mit Silberpapier bedeckte Schüsseln. Neugierig machte sie das Stanniol ab und stieß einen Schrei der Überraschung aus. Cecil hatte ihr für die ganze Zeit seiner Abwesenheit Mahlzeiten zubereitet! Sie nahm sich ein Gedeck und aß Salm, zu dem es eine Kräutersoße gab und einen Mischsalat aus frischem Gemüse. Sie legte sich wieder hin und schlief schnell ein.

Das Klingeln des Telefons weckte sie um acht Uhr. Es war Cecil. Er war gut angekommen. Er gab ihr alle Telefonnummern, wo sie ihn in London erreichen konnte. Sie arbeitete, ohne sich die Zeit zum Mittagessen zu nehmen, und kam spät nach Hause. Sie setzte sich in einen der Sessel und versuchte zu lesen, doch die Stille hinderte sie daran. Sie schaltete das Radio ein, doch es gelang ihr immer noch nicht, sich auf ihre Lektüre zu konzentrieren. Nichts würde das Geräusch Cecils ersetzen. Sie stand auf und sah sich um. Auf dem niedrigen Tisch standen zwei Aschenbecher, symmetrisch auf beiden Seiten einer Schale angeordnet, die Zigarettenpäckchen enthielt. Der Bildschirm des Fernsehapparats glänzte, tadellos sauber. Sie ging zum Bücherschrank und stellte fest, daß Cecil damit begonnen hatte, die Bücher alphabetisch zu ordnen. Sie fuhr mit dem Finger über das oberste Regal: kein Körnchen Staub. Das Wasser in der Blumenvase war sauber, und der Papierkorb war leer, der Teppich lag völlig parallel zur Couch. Sie erstickte, sie konnte darin nicht mehr leben. Wenn Cecil da war, ertrug sie alles, doch ohne ihn war es unmöglich. Sie verschob schüchtern die Aschenbecher und brachte die Kissen in Unordnung. Sie nahm einige Bücher und legte sie aufs Geratewohl auf die Couch und auf den Teppich. Sie goß sich ein Glas Fruchtsaft ein, das sie dann leer und schmutzig auf dem Tisch stehenließ. Sie zündete mehrere Zigaretten an, die sie in allen Aschenbechern ausdrückte. Sie verrückte die Möbel, stieß die Vase um, machte den Wandschrank auf und ließ alle Kleider herausfallen. Sie nahm ein Hemd und zerriß es. Sie sah bestürzt die ausgefransten Fetzen aus hellblauer Baumwolle an, die sie in ihren geschlossenen Fäusten hielt. Es war ein Hemd von Cecil... Aber warum war er weggegangen? Sachte faltete sie die Stoffteile zusammen und legte sie in die Schublade des Nachttischs, auf der Seite, auf der sie gewöhnlich schlief. Sie durfte nicht allein sein. Sie würde Marie anrufen, David, alle ihre Freunde, und wenn sie sie immer noch sehen wollten, würde sie mit ihnen zu Abend essen und nur nach Hause gehen, um sich schlafen zu legen.

Sie verbrachte ihren Abend am Telefon und organisierte ihre Woche.

Sie war sehr glücklich, am nächsten Abend Marie wiederzusehen. Sie erzählte ihr während des ganzen Essens von Cecil und ließ ihr keine Zeit, auch nur die mindeste Frage zu stellen. Sie versuchte ihn zu beschreiben, ihr Leben mit ihm zu schildern, die Art und Weise, wie er kochte, wie er die Wohnung eingerichtet hatte. Es war das erste Mal, daß sie von ihm sprach. An diesem Abend schlief sie friedlich ein.

Auch David hatte ihr eine große Neuigkeit mitzuteilen: Seine Lebensgefährtin war schwanger, er würde bald Vater werden. Sie suchten eine neue Wohnung, und nun tauchten Probleme auf hinsichtlich Kinderkrippe und Organisation. Elizabeth kam nur dazu, ihm zu sagen, daß sie mit jemandem zusammenlebe. David machte nicht den Eindruck, als wolle er mehr darüber wissen, er hatte es eilig, nach Hause zu kommen zur Mutter seines zukünftigen Kindes. Elizabeth drängte ihn nicht zu bleiben.

Am Mittwochabend ging sie nicht aus. Sie machte sich ihre Unordnung zunutze. Am Samstagmorgen, vor der Rückkehr Cecils, hätte sie Zeit genug zum Aufräumen. Sie wählte einen Teller Parma-Schinken, Tomaten und Mozzarella. Sie mußte unbedingt alles essen, was Cecil ihr zubereitet hatte. Es gab sechs Gerichte, eines für jeden Tag. Zwei davon hatte sie bereits gegessen, es blieben noch vier, und es waren nur noch zwei Abende vor seiner Rückkehr. Mit irgend jemandem zu teilen kam nicht in Frage, und sie weigerte sich, etwas wegzuwerfen, das von Cecil kam. Außerdem war es warm, und sogar im Kühlschrank bestand die Gefahr, daß die Lebensmittel verdarben. Sie mußte alles so schnell wie möglich aufessen, aber ohne sich zu zwingen, es wäre dumm, wenn sie bei Cecils Rückkehr krank wäre. Ideal wäre es gewesen, wenn er erst am Sonntag nach Hause käme. So hätte sie am Samstag zu Hause zu Mittag und zu Abend essen können.

Am nächsten Tag ging sie zum ersten Mal, seit sie zu arbeiten angefangen hatte, zur Mittagszeit nach Hause. Sie setzte sich auf die Couch im Wohnzimmer und verschlang Huhn und grüne Bohnen. Cecil hatte sich erinnert, daß sie am liebsten den Flügel aß.

Er rief sie am Nachmittag im Büro an. Es war ihr gar nicht klargeworden, daß sie seit drei Tagen nichts mehr von ihm gehört hatte. Sie dachte unaufhörlich an ihn, aber sie hatte völlig vergessen, ihn anzurufen. Sie wußte nicht, was sie ihm sagen sollte, und als er auflegte, stellte sie fest, daß sie ihm nicht einmal gedankt hatte für das, was er im Kühlschrank gelassen hatte.

Am Freitagmittag konnte sie nicht nach Hause gehen und aß das vorletzte Gericht am Abend. Cecil rief sie noch einmal an, um ihr seine Ankunftszeit zu bestätigen. Sie würde ihn in Roissy abholen. Sie verbrachte den ganzen Samstagmorgen damit, die Wohnung aufzuräumen. Sie klopfte die Kissen zurecht, säuberte die Aschenbecher, kaufte Blumen, warf die alten Zeitungen weg, leerte die Mülleimer und stellte die Bücher wieder in den Bücherschrank zurück. Sie legte alle Kleider zusammen, die sie hatte fallen lassen, und machte schöne, gleichmäßige Stapel daraus. Bevor sie den Wandschrank wieder zuschloß, erinnerte sie sich daran, daß das Messer noch darin liegen mußte. Sie hatte Lust, es wiederzusehen. Sie schob die Hand auf das letzte Regal, oben rechts, und spürte nichts. Sie hatte es beim Aufräumen wahrscheinlich nach hinten gestoßen. Sie kletterte auf einen Schemel und hob die Kleiderstapel hoch. Nichts. Sie suchte auf den andern Regalbrettern. Es war schon so lange her, sie erinnerte sich nicht mehr so genau. Das Messer war nicht mehr im Wandschrank. Vielleicht hatte Cecil es an sich genommen... Es konnte nur er gewesen sein. Zwischen ihnen war nie ein Wort über die Metro gefallen, nie. Alles war so schnell gegangen, und die Metro war so weit weg. Wie hatte sie so etwas tun können? Sie betrachtete ihre nackten Beine und ihre hübschen Sandalen. Sie hatte sich seitdem so verändert. Sie sah die letzte kleine Schüssel auf dem Tisch, leer. Wie zog sie sich an, wie aß sie, wie schlief sie vor Cecil? Cecil würde heimkommen, sie würde ihn wiedersehen. Sie spülte die kleine Schüssel. Sie hatte gerade noch Zeit, ein Taxi zu nehmen.

In Roissy erblickte sie ihn, bevor er sie sah. Er ging dahin, ohne sich zu beeilen. Er trug seinen Handkoffer, doch im Gegensatz zu dem der anderen Fluggäste hing er nicht an seinem Arm, sondern er hielt ihn fest, den Ellbogen leicht gekrümmt. Sie lief ihm entgegen. Er küßte sie nicht, sondern drückte sie an sich. Als er sich von ihr löste, konnte Elizabeth nicht dem Verlangen widerstehen, den Handkoffer hochzuheben. Er war sehr schwer.

Er fand, daß sie schlecht aussah. Im Taxi, das sie nach Hause brachte, lehnte sich Elizabeth an ihn, an seinen schönen, dicken Bauch, der sich ruhig hob und senkte. Endlich fand sie das Geräusch Cecils wieder.

Er packte seinen Koffer aus. Er hatte leichte Kleider mitgebracht. Elizabeth sah ihm zu, wie er sie einräumte. Er legte die T-Shirts zu den T-Shirts, die Hemden zu den Hemden und hängte seine Hosen sorgfältig auf. Wie konnte ein so energischer Mann nur so übertrieben pedantisch sein? Sie hätte ihn sich eher unordentlich vorgestellt, seine Kleider irgendwohin werfend, alles herumliegen lassend. Um so mehr, als sich Cecil nie kämmte – er war immer zerzaust –, sich nicht jeden Tag rasierte und sich nicht parfümierte. Er stellte seine Toilettensachen über dem Waschbekken nebeneinander und zog sich um. Elizabeth sah ihn selten bei Tageslicht. Seine Haut war milchig, fest, glänzend, sein ganzer Körper war zugleich fett und muskulös.

Sie aßen auf der Terrasse eines großen Restaurants zu Abend. Cecil aß ungeheuer viel, und Elizabeth nützte die Gelegenheit, daß nicht er gekocht hatte, um alles auf ihrem Teller zu lassen.

Eines Nachts hinderte die Hitze Elizabeth daran, den Schlaf zu finden. Sie machte wieder Licht und versuchte zu lesen. Cecil schlief, auf dem Bauch liegend. Er hatte das Bettlaken weggeschoben, und Elizabeth stellte fest, daß sie noch nie richtig seinen Rücken gesehen hatte. Cecils Körper, das war vor allem sein Bauch. Sie legte ihr Buch hin und betrachtete eingehend den breiten Rücken. Sie kannte seine Schultern und seinen Nacken, aber sie hatte der sanften Anschwellung der Schulterblätter, der gekrümmten Linie der Wirbelsäule, der Haut, sanft an den Seiten, körnig an den Hinterbacken, den seidigen Haaren im Kreuz und in der Hüftgegend nie Aufmerksamkeit geschenkt. Und sie hatte nie die kurze, blasse, kaum sichtbare Linie auf der sahnigen Oberfläche der rechten Hüfte bemerkt... Weniger als einen Zentimeter lang, leicht rosig, eine ganz kleine Narbe. Elizabeth näherte ihren Zeigefinger der Narbe, aber sie konnte nicht weitergehen. Es war ein Mann, den sie beinahe getötet hatte, der jetzt neben ihr schlief. Hatte sie daran gezweifelt? War das wirklich schon so weit weg? Sie sah wieder alles, die Gitter der Tuilerien, den Regen, Marie, die in die Speisekarte vertieft war, die Toilette des Restaurants, das Fieber, die Einkaufstaschen des Bazar de l'Hôtel de Ville, die flauschige Berührung mit dem Wildleder. Sie sah wieder ihre formlose Frisur und ihre alten Kleider, den gelben Pullover, die grauen Wände und die weißen Felder, das Blut, das von ihrem Finger troff, und den Mann mit dem Kräutertee. Und außerdem hatte es noch den Apotheker gegeben, London und König Lear. Und Cecil Fox. Und der Atem Cecils hatte alles hinweggefegt.

Es war eine ganz kleine Narbe, sie hatte ihn also kaum verletzt, doch genug, damit an ihrem Messer Blut war und damit Cecil sich eine andere Lederjacke kaufen mußte. Aber er war da. Er schnarchte, und die Metro war weit weg. Sie hatte ihn im Theater kennengelernt, die Metro zählte nicht. Sie beugte sich vor und drückte ihre Lippen auf Cecils Hüfte, an die Stelle der Narbe. Keine Schwellung, nicht die mindeste Erhebung, die Wunde hatte sich gut geschlossen. Sie drückte den Kopf auf Cecils Kreuz und rührte sich nicht, als das Schnarchen unterbrochen wurde. Er war wachgeworden. Elizabeth richtete sich etwas auf, küßte ein zweites Mal die kleine Spur ihres Messers und rückte ab. Cecil drehte sich um und setzte sich auf. Sie sahen sich an. Er atmete geräuschlos. Sie näherte sich ihm. Sobald ihre Körper sich berührten, hörte sie ihn brummen. Er warf sie unter sich und erdrückte sie mit seinem ganzen Gewicht. Er küßte sie tief, seine Zunge war sehr hart. Elizabeth spürte, wie ihre Kehle und das Innere ihres eigenen Mundes unter dem Brummen vibrierte, das aus Cecil kam. Dann wurde sie von dieser Masse weißen, vibrierenden und brummenden Fleisches verschlungen. Cecil war überall. Er bedeckte den Körper Elizabeths vollständig, total. Sie war unter ihm verschwunden, und nichts von ihr sah hervor. Sie erstickte nicht, genauso wünschte sie zu sein: begraben im Fleisch Cecils.

Er zog sich von ihr zurück, und sie fühlte sich erstaunlich klein. Sperma floß zwischen ihren Beinen, sie fühlte sich vollkommen wohl. Sie legte ihren Kopf auf Cecils Brust und schlief ein, bevor sie ihn schnarchen hörte.

Am nächsten Abend führte er sie zum Abendessen in ein Restaurant außerhalb von Paris. Sie trug ein Kleid, das sie sich gerade gekauft hatte, ein Kleid aus schwarzer Baumwolle, das ihre Schultern stark entblößte. Sie hatte sich geschminkt und trug zum ersten Mal schwere Ohrringe. Sie fand sich sehr schön. Cecil arbeitete bis spät und kam vorbei, um sie unten an der Tür abzuholen. Die Mahlzeit war köstlich. Elizabeth aß wenig. Sie tranken viel. Als sie nach Hause kamen, tranken sie weiter.

Sie rückte nahe an ihn heran und nahm ihm das Glas aus den Händen. Sie war sicher, sehr schön zu sein, sie schloß die Augen. Aber er rührte sich nicht, sie war es, die ihn umarmte. Sie ließ ihre Hände an Cecils Rücken hinuntergleiten und hielt plötzlich inne. Er hatte ihr nicht das mindeste Kompliment über ihr Kleid, über ihre Ohrringe gemacht. Die Art, wie sie sich anzog, war ihm völlig gleichgültig, er sah sie nicht an, er begehrte sie nicht. Und dabei glaubte sie, seit der letzten Nacht hätte sich alles geändert! Sie hörte ihn atmen, sie mußte seiner Gegenwart entkommen. Sie lief ins Bad und schloß sich ein. Das Messer, das verschwunden war, die Narbe... Sie wußte jetzt, warum Cecil da war. Sie hatte zwar lange gebraucht, aber sie hatte endlich begriffen. Er war nicht wegen ihr, Elizabeth, da. Er war da wegen der Frau mit dem Messer. Ihre Kleider und ihre Sandalen mit den hohen Absätzen sah er nicht einmal. In der vergangenen Nacht hatte er nur einen Steifen bekommen wegen der Narbe, die sie ihm zurückgelassen und die sie geküßt hatte, wegen dem Messer, das er an sich genommen hatte, wegen der Kriminellen, die sie gewesen war, wegen der Kriminellen, die sie dank seiner nicht mehr war. Und sie hatte geglaubt, er würde ihr Kleid, ihre Ohrringe und ihr Make-up lieben! Wie hatte sie nur so blind sein können? Sie riß ihr Kleid herunter, warf es auf den Boden und trampelte darauf herum. Für Cecil hatte ihre wirkliche und einzige Begegnung in der Metro stattgefunden, nicht in seiner Garderobe. Er hatte französisch mit ihr gesprochen, er wußte, daß sie in Paris wohnte. Das stand schließlich nicht in ihrem Gesicht geschrieben! Er hatte sie bereits gesehen, er erkannte sie wieder, vielleicht wußte er, daß sie kommen würde. Und sie, hingerissen, entdeckte Cecil Fox und vergaß die Metro. Wieso hatte sie sich nicht schon früher Fragen gestellt? Er sah sie nicht an, er stellte ihr keine Fragen, er interessierte sich nicht für sie, Elizabeth. Warum hätte er sich auch für sie interessieren sollen? Sie tat nichts, sie sagte nichts, sie erzählte nichts, sie lebte vom Atem Cecils, von seiner Gegenwart. Und Cecil wollte das, was sie vor ihm gewesen war, das formlose Geschöpf, das sich für eine Kriminelle hielt. Er kochte für die Frau mit dem Messer, und letzte Nacht hatte er mit jener Liebe gemacht, die ihn verletzt hatte.

Was geschähe, wenn er entdecken würde, daß es Elizabeth war, die aß, und Elizabeth, die stöhnte? Er würde sie verlassen...

Er klopfte an die Tür, er machte sich Sorgen, war sie krank? Nein, sie war nicht krank, es war alles in bester Ordnung. Sie mußte ruhig bleiben, durfte sich nichts anmerken lassen. Sie fuhr sich mit kühlem Wasser übers Gesicht. Die Schminke floß, sie trocknete sich ab, raffte ihr Kleid auf. Da er sie nicht sah, würde er auch nicht merken, daß sie zitterte. Sie machte die Tür auf, ging aus dem Bad, zwang sich zu einem Lächeln und ging zu Bett. Sie hörte, wie er sich die Zähne putzte und gurgelte, wie gewöhnlich. In weniger als einer Minute, er würde noch schnell pinkeln und an der Kette ziehen, würde er sich neben sie legen und ihre Liebkosungen erwarten. Mit Ausnahme der letzten Nacht war es immer so gewesen. Was würde sie tun? Er kroch schon schnaufend unter die Decke, legte sich auf den Rücken, auf die Narbe, und wartete. Sein Bauch hob und senkte sich gleichmäßig. Gegen ihren Willen atmete sie im gleichen Rhythmus wie er. Er war da, sie beugte sich über ihn …

Elizabeth schlief nicht. Sie dachte nicht. Sie stand mehrmals auf, suchte die Stelle in der Wohnung, wo sie ihn nicht hören würde. Aber wo sie auch war, kam ihr sein Schnarchen zu Ohren. Sie wollte nicht aus dem Haus gehen, sie konnte ihn nicht verlassen.

Er erwachte gutgelaunt. Er bemerkte weder Elizabeths Blässe noch ihre abgespannten Züge. Sie ging vor ihm weg und fand ihr Büro menschenleer. Um Cecils Tournee im Herbst folgen zu können, hatte sie sich bereit erklärt, Bereitschaftsdienst zu machen. Alle andern waren in Ferien. Sie blieb den ganzen Tag reglos auf ihrem Stuhl sitzen, schnupperte manchmal an ihren Fingern den Geruch ihrer gemeinsamen Nacht. Sie mußte um jeden Preis etwas finden. Er durfte sie nicht verlassen. Sie brauchte ihn. Sie atmete die Luft, die seine großen Gebärden verbreiteten, sie aß seine Küche, und sie schlief vergraben in sein Fleisch. Cecil war überall. In den prallen Kissen der Couch, im Weiß des Waschbeckens, im Zukker der Früchte, in der Frische des Weins, überall. Ohne ihn gäbe es nichts mehr. Sie würde nicht mehr atmen, nicht mehr essen, nicht mehr schlafen. Es gäbe einen leeren Tisch, ganz zusammengedrückte Kissen und völlige Stille. Und außerdem verfallenen Joghurt und volle Aschenbecher, farblose Kleider und abgetretene Absätze, Staub und geruchlose Finger. Die Gläser würden Ränder auf dem niedrigen Tisch hinterlassen, und es gäbe nichts Süßes und nichts Salziges mehr. Alles wäre noch schlimmer als vor der Metro.

Sie verließ das Büro um sechs Uhr und begab sich zur Metrostation Bastille. Sie benutzte den langen Korridor und begegnete niemandem. Auf dem Bahnsteig war wenig Betrieb, die Leute waren sicherlich in Ferien. Als der Zug ankam, fand sie sofort einen Sitzplatz. Sie sah sich um. Die Mädchen trugen leichte Kleider, die Männer Hemden mit kurzen Ärmeln und die Touristen Shorts. Alle Welt war von der Hitze ganz hübsch abgeschlafft. Auch Elizabeth war es heiß. Wie sollte man diese schweißtriefenden Gesichter, diese braungebrannten Glieder und diese unter dem Gewicht der Rucksäcke gebeugten Körper hassen? Sie beobachtete sie und begegnete dem beharrlichen Blick eines großen, blonden Burschen. Vielleicht würde etwas geschehen, etwas, das ihr erlauben würde, auf Früheres zurückzugreifen, etwas, das dazu führte, daß sie ganz mechanisch mit der Hand zu ihrer Tasche griffe in der Erwartung, dort das Messer zu finden ... Der junge Mann kam auf sie zu, die Hände hinterm Rücken. Elizabeth sah ihn voller Hoffnung kommen. Als er auf ihrer Höhe war, zog der Junge einen Plan von Paris hinterm Rücken hervor. Er wollte wissen, wo sich das Grand-Palais befindet. Elizabeth erklärte es ihm, worauf er zum andern Ende des Wagens zurückging, wo ihn ein junges Mädchen erwartete, das er gierig küßte. Elizabeth mußte unwillkürlich lächeln. Sie hatte sich wirklich verändert.

Sie stieg an der Concorde aus und nahm den Ausgang »Richtung Jardin des Tuileries«. Autobusse parkten entlang des fast menschenleeren Bürgersteigs. Auf der andern Seite der Straße, im Schatten der Arkaden, gingen Leute. In den Parkanlagen spielten Kinder Ball, unempfindlich gegenüber der Hitze. Elizabeth seufzte mutlos. Es war ein schöner Sommernachmittag, ein wenig zu heiß, aber angenehm. Warum sollte sie mit einem Messer in der Handtasche herumlaufen?

Es war zu spät, sie könnte nicht mehr das werden, was sie einmal gewesen war... Cecil würde später nach Hause kommen, er würde den Haushalt und die Küche vernachlässigen. Er würde mehrere Male hintereinander das gleiche Gericht kochen, er würde leiser atmen und schnarchen, er würde nicht mehr sofort einen Steifen bekommen, sobald sie ihn mit der Hand berührte. Vielleicht würde er krank werden. Dann wüßte sie, daß er beschlossen hatte, sie zu verlassen.

Wenn sie ihn streichelte und wenn sie sich liebten, beobachtete Elizabeth Cecil heimlich. Sie achtete auf das kleinste Zucken seiner Muskeln, auf jedes noch so leise Stöhnen von ihm, auf alle Variationen seines Atems. Hatte er die Augen geöffnet? Verkrampften sich seine Zehen vor Lust? Sie wollte alles sehen, alles wissen.

Sie kam eines Abends gegen sieben Uhr aus dem Büro zurück, Cecil war noch nicht nach Hause gekommen. Sie ließ sich auf die Couch fallen, verbarg ihr Gesicht in den Händen. Er war fortgegangen! Und ohne ihr Bescheid zu sagen ... Sie stand mit einem Satz auf und stürzte zum Wandschrank. Cecils Sachen lagen immer noch da, in vollkommenen Stapeln geordnet. Er war nicht fortgegangen, noch nicht. Aber es würde nicht mehr lange dauern, da er anfing, spät nach Hause zu kommen. Sie hörte Schritte auf dem Treppenabsatz, hörte es klingeln. Sie lief zur Tür. Schweißbedeckt brachte Cecil zwei schwere Taschen voller Lebensmittel mit. Alle Geschäfte im Viertel machten im August zu, er hatte Kilometer zurücklegen müssen, um ein Fischgeschäft zu finden, das geöffnet war. Elizabeth nahm ihm die Taschen aus der Hand und half ihm, seine Einkäufe in den Kühlschrank zu räumen.

Das Abendessen verlief gut. Er hatte die Tomaten sorgfältig geschält, er hatte die Gurken ausgekratzt und hatte um einen langen Fisch herum, wie Elizabeth noch nie einen gesehen hatte, zakkig ausgeschnittene Zitronenhälften gelegt. Alles war tadellos gewürzt, und der Wein hatte die richtige Temperatur. Er hatte sogar die Kirschen aussortiert, Elizabeth fand nicht eine einzige, die angefault war.

Sie kaufte in einem Second-Hand-Laden ein paar alte Jeans und ein khakifarbenes T-Shirt. Sie ersetzte die Sandalen durch Turnschuhe mit geflochtener Sohle und schminkte sich nicht mehr. Cecil äußerte sich nicht dazu, er schien überhaupt nichts zu bemerken. Sie zog wieder ihr Kleid und ihre Schuhe an.

Eines Abends hörte sie ihn in der Küche niesen. Sie lief herbei, entsetzt bei dem Gedanken, er könne krank werden. Er empfing sie mit einem lauten Lachen: Er hatte nur zu nahe am Pfeffer geschnüffelt, der ihm von schlechter Qualität zu sein schien.

Sie beschloß, sich wieder ein Messer zu kaufen, doch die nächstgelegene Stahlwarenhandlung hatte im August geschlossen. Elizabeth konnte sich nicht dazu aufraffen weiterzugehen. Sie wußte, daß es unnötig war. Das Zubehör machte es nicht. Sie würde nicht mehr werden, was sie einmal gewesen war, und Cecil würde sie verlassen.

Sobald sie zu Hause war, suchte sie diskret nach den kleinsten Beweisen für die Nachlässigkeit Cecils. Sie fuhr flüchtig mit einem Finger über den Schnitt eines Buches, das sie niemals öffnete, und sah nach, ob er staubig war. Sie prüfte nach, ob die Badewanne ganz weiß war, ob nicht ein einziges Haar darin zurückblieb. Sie sah sich genau die Durchsichtigkeit der Fensterscheiben an und prüfte das Verfallsdatum der Sauerrahmtöpfe. Sie drückte auf den Camembert, roch an den Melonen. Sie aß langsamer als gewöhnlich und kaute noch länger. Aber alles war sauber, alles war frisch, alles war gut.

Sie schlief nicht mehr oder kaum noch. Sie brachte ihre Nächte damit zu, gespannt auf das Schnarchen Cecils zu achten. Wenn er leiser schnarchte, wüßte sie, daß er nicht so gegenwärtig war, daß er sie im Traum verließ, wenn er hingegen lauter schnarchte, würde sie begreifen, daß er ihr vorwarf, ihn betrogen zu haben, nicht so zu sein, wie sie ihm in der Metro erschienen war.

Sie arbeitete nicht mehr. Tagsüber versuchte sie, sich ein wenig auszuruhen. Es kam vor, daß sie sich auf den blanken Fußboden legte und eine oder zwei Stunden schlief. In der übrigen Zeit fragte sie sich, was sie wohl nachzuprüfen vergessen haben konnte. Sie stellte Listen auf, die sie im Büro liegenließ, so eilig hatte sie es, nach Hause zu kommen. Sie kam daheim an und sagte sich immer wieder vor: »Verwelkte Blumen, Bettlaken, Handtücher, Servietten, Brotkrumen, Mülleimer, Haare im Kamm, Reißbrettstifte und Büroklammern ...« Aber es gab keine vollen Mülleimer, keine leeren Flaschen, keine Haare im Waschbecken, keine Brotkrumen im Ausguß. Die Blumen waren schön, der Umschlag des Bettlakens war völlig gerade, die Frotteehandtücher rochen nach nichts, und die alten Zeitungen waren im dazu vorgesehenen Zeitungsständer abgelegt. Auf dem Schreibtisch lagen keine Büroklammern in den Reißbrettstiften, kein Reißbrettstift in den Büroklammern.

Nichts war schmutzig, nichts lag herum, nichts roch schlecht.

Elizabeth ärgerte sich schwarz, daß sie nichts fand. Sie ging sogar so weit, daß sie Zigarettenasche unter der Couch verstreute, um zu sehen, ob sie am andern Tag noch dort läge. Doch am nächsten Tag lag nichts mehr dort.

Cecil merkte nichts. Elizabeth aß weiterhin, streichelte ihn weiterhin, ging weiterhin ins Büro. Was mußte sie tun, damit er sie endlich sähe?

Eines Morgens fuhr sie aus dem Schlaf hoch. Cecil lag nicht mehr neben ihr. Sie sah auf die Uhr, es war halb neun. Sie hörte ihn, er war in der Küche. Sie schnüffelte und runzelte die Stirn. Es war ein merkwürdiger Geruch in der Wohnung. Ein Geruch nach Verbranntem, ein Geruch nach verbranntem Toastbrot. Cecil hatte das Toastbrot verbrennen lassen ... Elizabeth richtete sich langsam auf. Das war das Zeichen, auf das sie seit Tagen und Abertagen so verzweifelt gewartet hatte. Cecil würde sie verlassen, endlich hatte sie den Beweis dafür. Sie würde ihn nicht gehen lassen. Er würde sie nicht verlassen. Sie hatte auf diesen kleinen Geruch nach Verbranntem gewartet, um das zu werden, wovon Cecil wünschte, daß sie es sei.

Jenny Diski

Jenny Diski ist eine ungewöhnliche, spannend zu lesende Autorin, die für ihre Romane immer Tabu-Themen wählt, um Versäumnisse unserer Gesellschaft aufzuzeigen. Ihre präzisen psychologischen Beobachtungen, die erschreckend authentischen Dialoge machen ihre Romane zu einem schockierenden Leseerlebnis.

Mutterkind
Roman. 210 Seiten, Linson,
ISBN 3-608-95746-4

Niemand versteht, daß Frances ihr behindertes Kind behalten will, das ohne Großhirn geboren wird. Doch für sie macht es Sinn, daß sie ein Wesen zur Welt bringt, das keine Empfindungen kennt.

Küsse und Schläge
Roman. 264 Seiten, Linson,
ISBN 3-608-95556-9

»Ich bewundere dieses traurige, dieses ehrliche Buch, die Geschichte einer ungewöhnlichen Liebe, welche den vielfältigen physischen und emotionalen Abhängigkeiten mutig nachspürt, die wir Sadomasochismus nennen.« (Doris Lessing)

Regenwald
Roman. 209 Seiten, Linson,
ISBN 3-608-95712-X

»Jenny Diski ist ein erstaunliches und notwendiges, weil wirklich verstörendes Buch gelungen. Es bringt uns den beklemmenden Gedanken, bei unserer Spezies könne es sich möglicherweise nur um eine weitere Fehlkonstruktion der Natur handeln.« (FAZ)

Klett-Cotta
Postfach 10 60 16, 7000 Stuttgart 10

Fay Weldon im dtv

Die Teufelin

Die loyale, aber leider ziemlich unattraktive Ruth erträgt lange die sexuellen Eskapaden ihres Mannes. Irgendwann ist sie allerdings mit ihrer Geduld am Ende. Sie dreht den Spieß um und plant einen Rachefeldzug. Das erste, was in Rauch aufgeht, ist das Eigenheim. dtv 11132

Herzenswünsche

Was Helen und Clifford aus der großen Liebe machen (natürlich eine Scheidung und diverse andere Dinge und noch eine Scheidung und die eine oder andere Karriere) und wie ihre verlorene Tochter Nell viel schöner und klüger wird, als es ihre Eltern verdient haben. dtv 11197

Du wirst noch an mich denken

Ein Mann und drei Frauen, die Geschiedene, die Neue und die Halbtagssekretärin – aus dieser nicht ungewöhnlichen menschlichen Konstellation macht Fay Weldon eine rasante psychologische Studie über Schein und Sein; mit einer Komik, die manchmal mörderisch ist. dtv 11225

Kleine Schwestern

Zusammen mit dem Antiquitätenhändler Victor, ihrem zwanzig Jahre älteren Liebhaber, fährt Elsa für ein Wochenende aufs Land. Der Besuch bei Victors reichen Freunden wird für Elsa zu einer Tour de force durch Liebe, Lügen, Sex und andere Ungeheuerlichkeiten. Aus Prinzen werden Frösche, und nichts bleibt, wie es war. dtv 11305

Frau im Speck

Aus einer von Wohlstandsspeck, Diätkuren und den üblichen Midlife-crises-Affairen bedrohten Ehe hat sich Esther in eine schmuddelige Souterrainwohnung geflüchtet. Was sie dort tut? Sie ißt, und zwar alles, was fett macht. Eine »beste Freundin« taucht auf und spielt den »rettenden Engel«... dtv 11378

Sterndame

Sandra geht mit ihrem Ehemann auf eine Party und verläßt dieselbe mit einem anderen. Das Pikante am vorliegenden Fall: Die Dame ist eine prominente Fernseh-Astronomin, der Gatte ein bekannter Anwalt, und der »Neue« Boss einer Jazz-Band, übrigens ebenfalls verheiratet. dtv 11426

Keto von Waberer im dtv

Foto: Isolde Ohlbaum

Blaue Wasser für eine Schlacht

Ein einfühlsamer psychologischer Roman über die »Liebeslebensgeschichte dreier Frauen – eine weibliche Familiensaga über drei Generationen« (Süddeutsche Zeitung). Eine ›Schule des Gefühls‹ und »ein Buch über das Lieben, so klug und so schön wie lange keines, einfühlsam und mit treffender Ironie beschrieben«. (Die Zeit) dtv 11090

Der Schattenfreund
Liebesgeschichten

Daß Gertrud sich einen Kurschatten zulegt, hat weniger mit purer Liebe zu tun als mit der Tatsache, daß Albrecht, ihr Mann, allnächtlich neben ihr liegt, als sei er ins Koma gesunken. Bei Frau Reinsbeck hingegen geht es im wahrsten Sinne des Wortes mit dem Teufel zu, daß sie plötzlich so höllisch gut ankommt beim anderen Geschlecht. dtv 11326

Die heimliche Wut der Pflanzen
Erzählungen

Eine junge Frau erholt sich nur mühsam von den Folgen ihrer gescheiterten Ehe. In der Großstadt isoliert, verdient sie ihren Lebensunterhalt mehr oder weniger gelangweilt als Angestellte einer Galerie. Da verliebt sie sich eines schönen Tages in einen Besucher ... dtv 11405

Der Mann aus dem See

Was macht eine Frau, wenn der Ehemann auszieht und der Liebhaber daraufhin »kneift«? Sie flüchtet zur besten Freundin. Was aber, wenn es sie dann magisch ins Bett von deren Freund zieht? – Daß die Macht der Erotik das Leben häufig nicht gerade vereinfacht, ist nur *eine* Erfahrung, die Keto von Waberer in diesen poetischen und doch schonungslos ehrlichen Erzählungen beschreibt.
dtv 11564 (August 1992)

dtv
Crime
Ladies

Cross, Amanda:
Albertas Schatten
Kriminalroman
dtv 11203
Gefährliche Praxis
Kriminalroman
dtv 11243
(Januar'93)
In besten Kreisen
Kriminalroman
dtv 11348
Eine feine Gesellschaft
Kriminalroman
dtv 11513
Schule für höhere
Töchter
Kriminalroman
dtv 11632 (Januar'93)

Fyfield, Frances:
Schatten im Spiegel
Kriminalroman
dtv 11371
Feuerfüchse
Kriminalroman
11451
Dieses kleine,
tödliche Messer
Kriminalroman
dtv 11536

Gallant Jennie:
Die Konfettifrau
Kriminalroman
dtv 11521

Li Ang:
Gattenmord
dtv 11213

Popkin, Zelda:
Rendevous nach
Ladenschluß
Kriminalroman
dtv 11559
Karrierefrauen leben
schneller
Kriminalroman
dtv 11640
(Februar'93)

Prou, Suzanne:
Die Freunde des Monsieur Paul
Kriminalroman
dtv 11251
Die Schöne
Kriminalroman
dtv 11349

Smith, Joan:
Schmutziges
Wochenende
Kriminalroman
dtv 11387
Wer wohnt schon noch
bei seinem Mann
Kriminalroman
dtv 11466
Ein häßlicher Verdacht
Kriminalroman
dtv 11550

Smith, Rosamond:
Der Andere
dtv 11370

Smith, Marie (Hrsg.):
MordsFrauen
Kriminalerzählungen
dtv 11377
Alle meine Mordgelüste
Wenn Frauen zu sehr
hassen
Deutsche Erstausgabe
dtv 11647

Wakefield, Hannah:
Die Journalistin
Kriminalroman
dtv 11542

Mary Wesley:
Zweite Geige
Roman

Laura, eine attraktive, unabhängige und unkonventionelle Frau von Mitte Vierzig, lernt in dem Provinzstädtchen, in dem ihre Familie lebt, den Studenten Claud Bannister kennen und findet es durchaus reizvoll, daß er offensichtlich von ihr fasziniert ist. Sie nimmt ihn unter ihre Fittiche, interessiert sich für den Roman, an dem er schreibt, und vermittelt ihm für die Arbeit an dem Manuskript sogar ein romantisches Loft unter dem Dach. Womit sie allerdings nicht rechnet, ist, daß sie sich ihrerseits ebenfalls allen Ernstes in ihn verlieben könnte ... »Die wunderbare Miss Wesley schreibt wie ein rächender Engel, mit einer Frische, einer Lebhaftigkeit, einem Vergnügen am Sex (ohne je danebenzugreifen), der ihre Jahre Lügen straft. Sie hat ein nadelspitzes Talent. Möge sie uns lange damit erfreuen.« (Sunday Telegraph) dtv 11531

Frances Fyfield im dtv

Schatten im Spiegel
Kriminalroman

Sarah Fortune ist jung, schön und erfolgreich – und sie hat rote Haare. Gegen Männer hat sie eigentlich nichts, aber sie hat was gegen Charles Tysall, auch wenn er der wichtigste und mächtigste Klient der Kanzlei ist, in der sie als Anwältin arbeitet. Irgendwie machen ihr seine Annäherungsversuche Angst. Tatsächlich – und bei der Polizei seit geraumer Zeit aktenkundig – scheint Tysalls Bekanntschaft speziell rothaarigen Frauen alles andere als gut zu bekommen ... dtv 11371

Feuerfüchse
Kriminalroman
Deutsche Erstausgabe

Eines Tages findet man im Wald eine ermordete Frau. Der Verdacht fällt bei den Ermittlungen schnell auf einen jungen Englischlehrer, der mit der Toten ein Verhältnis hatte. Alle Indizien deuten auf ihn. Zu eindeutig, findet Helen West und beginnt auf eigene Faust zu ermitteln ... dtv 11451

Im Kinderzimmer
Roman
Deutsche Erstausgabe

Katherine lebt in einem luxuriösen Haus, hat einen beruflich erfolgreichen Mann und zwei gesunde Kinder. Von außen betrachtet das vollkommene Glück. Doch sie fühlt sich den Ansprüchen ihres Mannes nicht gewachsen. Ein psychologischer Roman, der mit fast kriminalistischer Akribie den Ursachen für den Zusammenbruch einer »glücklichen« Familie nachspürt. dtv 11516

Dieses kleine, tödliche Messer
Kriminalroman
Deutsche Erstausgabe

Keine leichte Sache, wenn man sich als Staatsanwältin auf die Aussagen eines verurteilten Mörders verlassen muß. Nichts anderes aber hat Helen West in der Hand, als sie versucht, die wahre Schuldige am Tod von Sylvia Bernard vor Gericht zu bringen. Der eigentliche Täter ist zwar geständig, gibt bei seiner Vernehmung aber zu Protokoll, das Verbrechen im Auftrag einer Frau begangen zu haben ... dtv 11536

Das Buch

»Sie wußte jetzt, warum Cecil da war. Sie hatte zwar lange gebraucht, aber sie hatte endlich begriffen. Er war nicht wegen ihr, Elizabeth, da. Er war da wegen der Frau mit dem Messer.« Eine junge Frau kommt nach Hause zurück. Sie hat die Métro genommen wie immer, sie ist an den Tuilerien ausgestiegen wie jeden Abend und hat den vertrauten Heimweg eingeschlagen. Aber etwas ist nicht wie sonst. Etwas ist geschehen, doch sie weiß nicht was und wo. Ihre Hand ist voller Blut, das Messer, das sie noch immer in ihrer Tasche bei sich trägt, ist blutverschmiert. Sie selbst ist nicht verwundet. Was ist passiert? Emmanuèle Bernheims Roman ist Psychothriller, Lovestory und Märchen zugleich – eine Parabel über die Liebe auf des Messers Schneide. Selten hat eine Frau bisher ähnlich kompromißlos, unerbittlich und zugleich so witzig und phantasievoll über dieses Thema geschrieben.

Die Autorin

Emmanuèle Bernheim, eine junge Pariserin, arbeitet beim Fernsehen und schreibt für ›Cahiers du Cinéma‹. Mit diesem, ihrem ersten Roman gelang ihr in Frankreich ein aufsehenerregender Erfolg. Darüber hinaus in deutscher Sprache erschienen: ›Ein Liebespaar‹ (1989), Roman.